宮中は噂のたえない職場にて

天城智尋

角川文庫
23703

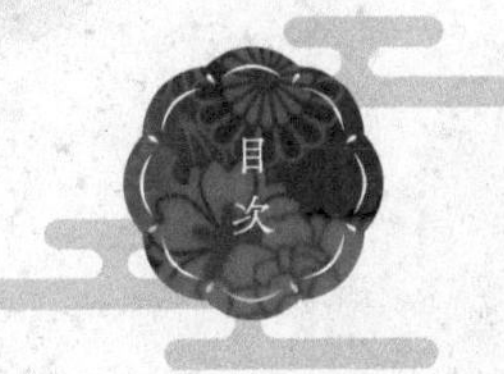

目次

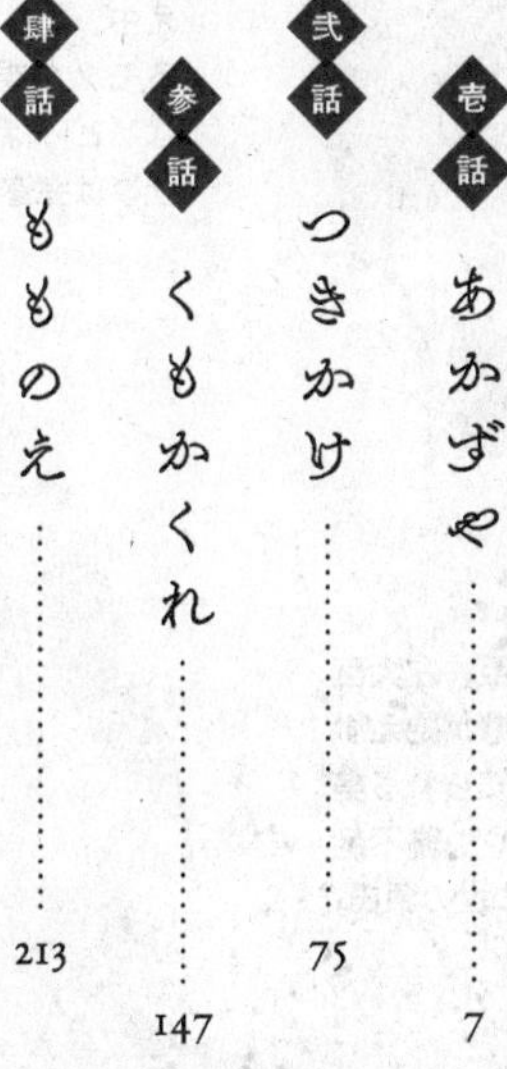

壱話　あかずや……7

弐話　つきかけ……75

参話　くもかくれ……147

肆話　もものえ……213

梓子

小侍従の名で女房として宮仕え中。幼いころから人ならざるモノが視え「あやしの君」などと呼ばれている。受けた仕事は完遂する、が信念。

光影

右近少将。帝の寵臣。左大臣の猶子。艶めいた噂が絶えず当代一の色好みで知られる美貌の貴公子。常にやや寝不足気味で気だるげ。二世の源氏。

イラスト／woonak

帝（みかど）

今上帝。主上。光影がお気に入りで強い信頼を寄せる。自由で飄々とした一面も。

左大臣（さだいじん）

現宮中で臣下として最高位にある人物。光影の猶父。

左中将（さちゅうじょう）

左大臣家の次男。左の女御の異母弟で、光影の義弟。

内大臣（ないだいじん）

左大臣の甥。帝が寵愛していた故中宮の兄。

典侍（ないしのすけ）

梓子の乳母・大江の妹。梓子のことを何かと気にかけている。実質的な宮中女官のまとめ役。

左の女御（ひだりのにょうご）

凝華舎（梅壺）を賜っている、凜とした雰囲気の女御。左大臣家の大君（長女）。

萩野（はぎの）

梅壺の女房の統括役を務める熟練の女房。

柏（かしわ）

梅壺に仕える女房。宮中の噂話を集める役割を担う。

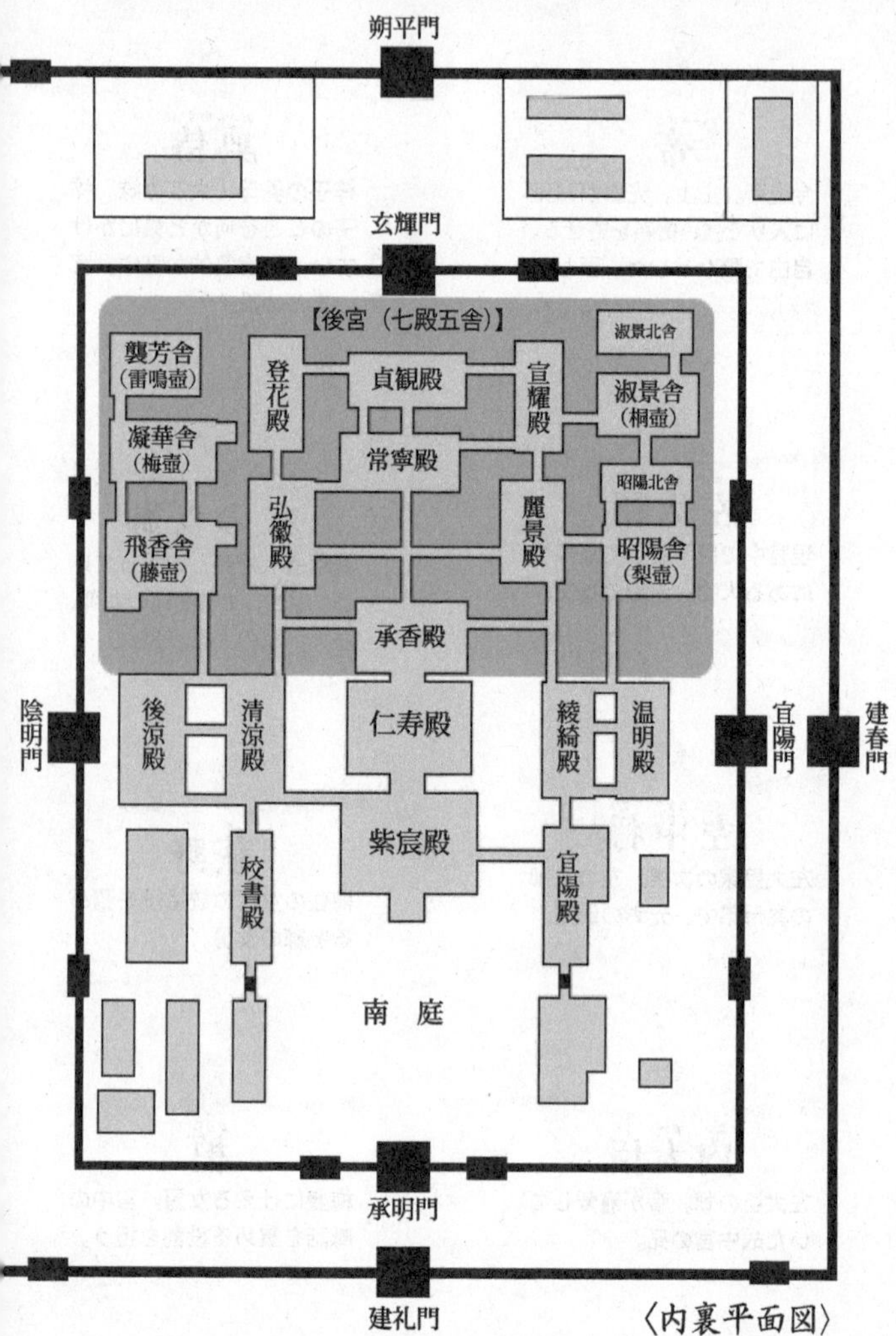
朔平門
玄輝門
【後宮（七殿五舎）】
淑景北舎
襲芳舎
（雷鳴壺）
登花殿
貞観殿
宣耀殿
淑景舎
（桐壺）
凝華舎
（梅壺）
常寧殿
昭陽北舎
弘徽殿
麗景殿
飛香舎
（藤壺）
昭陽舎
（梨壺）
承香殿
陰明門
後涼殿
清涼殿
仁寿殿
綾綺殿
温明殿
宜陽門
建春門
紫宸殿
校書殿
宜陽殿
南庭
承明門
建礼門
〈内裏平面図〉

壱話 あかずや

■序■

御簾（みす）の内から、噂話に興じる女房たちの密（ひそ）やかな声が、梓子（あずさこ）の耳に入ってくる。

「まあ、廊下を行くのは、例の……あやしの君ではないですか？　あの方でも昼にお姿を見せるのね。お珍しいこと」

「あら、ダメよ。小侍従（こじじゅう）殿とお呼びしないと。どうも典侍（ないしのすけ）様がお召しらしいわ」

宮仕え名物、聞こえるようにヒソヒソ話である。これで臆（おく）して足が止まるのは新人女房だけだ。宮仕えも三ヵ月を超えたあたりから、なんかもう怯（ひる）む気はしなくなった。

「じゃあ、またご異動かしら？　後宮にいらして半年も経つというのに、まだ仕える方が定まっていらっしゃらないなんて。お若くもないのに、落ち着かないこと……」

宮仕えを始めるのに二十歳は、たしかに若くない。だが、子を産み育ててから、夫の出世に伴って宮仕えを始めた者だってそれなりにいる。二十歳が遅すぎるということはないはずだ。ただし、梓子の場合、子を産む予定はおろか、婿を迎える予定もないわけだが。

紫と白を中心にして配色した冬色の女房装束で先を急いでいるつもりだが、忍び笑いはまだ耳に入ってくる。気鬱から進みが遅くなっているのだろうか、そんなことを思っていると、突如御簾の中で声が上がった。

「右近少将様が参内されているそうよ！　後宮にもいらっしゃるかもって話が……」

「うそ、輝く少将様が、こちらに！　どちらの殿舎にいらっしゃるのかしら？」

一瞬にして、御簾の中の気配が遠くなる。なにごとだろうか。噂話にも止まらなかった足が思わず止まる。

「おや、小侍従殿、そのようなところでどうなさいました？　なにやら騒がしいようですが、また口さがない者たちがなにか妙な噂を……」

呆然としていた背に声がかかった。振り向けば年配の女性が心配そうな表情で立っていた。

「典侍様。……いえ、なにやら右近少将様がいらしたとかで、皆さんどこかに行ってしまわれたようです」

典侍は、帝に近侍し、身辺の世話をする内侍所に所属する女房の一人である。長官である尚侍は、最近ではすっかり后妃に準ずる扱いなので、本来は次官である典侍が実務を仕切っている。

その実質的な宮中女官のまとめ役である典侍が、目の前の年配の女性だった。

「ああ、右近少将殿が参内されたのですね。……では、姫様、こちらへ」

手招かれるままに御簾を上げて曹司に入ると、声を潜めて典侍に詰め寄った。

「典侍様、宮中では『姫様』はやめようって……」

「そ、そうでした。ほかの者がいないと聞いて、つい。……先ほどまで美濃（ほぼ現在の岐阜県）から届いた手紙を読んでおりましたので、よけいに。姉も貴女様のことを心配しておりました」

「わたしにも大江からの文が届きました。できれば、大江が安心できる内容の返信を書きたいところですが……。典侍様のお召しということは、そうはならなそうですね」

梓子は、いまは美濃に居る乳母を想い、ため息をついた。

これに、典侍は咳払い一つして腰を下ろすと、梓子のほうをまっすぐに見た。

「小侍従殿。お呼びした用件はひとつにございます。本日より承香殿にて、写本作業の手伝いに入ってください」

先ほど御簾の内で噂されていたとおりだったようだ。

「……やはり、また異動ですか。今回の仕事は滞りなく勤めていたつもりでしたが……。いったい、何が問題だったのでしょうか、典侍様？」

まだ幼いうちに母を亡くした梓子を、裳着（女子の成人儀礼）を済ませた後も長く養育してくれたのが、典侍の姉であり乳母の大江だった。彼女は、半年ほど前に三人目の夫の任地下向に付き従って都を離れることになった。その際に、都に残る梓子がちゃんと生活していけるように、妹の典侍に頼んで、宮仕えの道を開いてくれたのだ。

だが、宮仕えを始めて半年経っても、いまだ梓子は、決まった主に仕えているわけではなく、人手の足りないところにその都度送り込まれる不安定な身である。

　昨日までは、かつては殿司(とのもづかさ)で担当していた、夜の後宮で各殿舎を回って灯籠(とうろう)に火を灯(とも)す仕事に従事していた。后妃や東宮(とうぐう)にお仕えするのとは異なり、地味に黙々と仕事を行うのが梓子の性に合っていただけに、今回の異動は、とても残念だ。

「問題ありまくりです。人影もない廊下で誰かと擦れ違ったかのように挨拶(あいさつ)をしたり、どなたもいないはずの部屋に声をかけて入っていき、火を灯したり……。『小侍従殿と組んで作業を行うのは、もう無理です』と懇願されました。どうか殿舎を歩き回る仕事は、今後なさらないでください。あと、ご自身から話し掛けるのもなしです。しばらくは、言葉が少なくて済む、記録を取る仕事や写本作業でいきましょう。それで、さっそくですが、承香殿にて急ぎの写本作業をお願いしたいとのお話をいただきましたので、小侍従殿に行っていただこうと思います」

　梓子は少し考えて、再び声を潜めて典侍に問う。

「あの……、典侍様、本当にそれで大丈夫でしょうか？　承香殿、……出るので有名な仁寿殿(じじゅうでん)が近いせいか、けっこう出るという噂が」

　これに、典侍が短い悲鳴を上げる。いや、恐怖の悲鳴でなく嘆きの叫びだった。

「またですか？　この宮中には、貴女様がなにごともなくお過ごしになれる場所はないのですか？　私とて、姉上に言われるまでもなく梓姫様には、ひとところに落ち着いていただきたいのです。そして、姫様の出自に相応(ふさわ)しい公達(きんだち)を婿にお迎えいただきたい。

そう切実に願っておりますのに！」

「お、落ち着きましょう、典侍様。その『梓姫』は、誰かに聞かれるとマズいので」

指摘に慌てたのか、落ち着こうとしたのか、典侍が近くの脇息を引き寄せて伏せた。

「そうでした。……小侍従殿、実は、私も最近噂の人になりました。小侍従殿が頻繁に異動するのは、私が内部調査をさせているからだ、と。……貴女様を私の子飼いのように言われるなんて、本当に噂なんてものは根も葉もないことばかり。きっと、承香殿に出るという噂も……」

自身に言い聞かせているように呟く典侍を宥めようと、梓子は、そっと囁く。

「噂のすべてに、根も葉もないとは言えません。ここに来る前に、弘徽殿のあたりで、権大納言様のお姿をお見かけいたしました。例の件で、弘徽殿の女御様に、主上へのとりなしをお願いにいらしたのだと思われますが……。あの方の噂、本当かもしれません」

大納言は、政を担う太政官の中でも大臣に次ぐ地位にある。現行制度での正員は二名と定められているが、員外の大納言として権大納言が置かれ、現在は二名の権大納言がいる。員外とはいえ、職掌は大納言と同じく、帝の御前に仕え、政務を勤める重役だ。

先ごろ、この二名いる権大納言の一人が節会に遅刻するという大失態を演じた。

節会とは、帝が臨席される公的な宴会のことをいう。件の権大納言は、この節会で上卿に指名されていた。上卿とは宮中の諸行事での執行責任者として指名された人物であり、そのような立場での遅刻は大失態と言える。

これにより、権大納言には、上の方々のお叱りに加え、自邸での謹慎処分が下ってい
た。その謹慎期間が終わり、ようやく本日から参内しているわけだが……。
「権大納言様の噂というと、例の……」
そこで言葉を止め、聞こえてくる衣擦(きぬず)れの音に、二人で耳を傾けた。ほどなくして、
典侍に声が掛けられた。
「典侍様、失礼します。右近少将様が典侍様にご相談したいことがあるといらしておい
でですが」
声を掛けられ背筋を正した典侍が、怜悧(れいり)で有能な内侍所の次官の顔になる。
「右近少将殿が？……主上の御用命かしら？」
どうやら、さきほど噂されていた人物が内侍所にいらしているようだ。そうなると御
簾の中の女房たちも一緒に戻ってきてしまったのだろうか。
「先日の節会で、上卿の指名を受けた権大納言様が遅刻なさった件で、とのことです」
曹司と簀子(すのこ)を隔てる御簾の外から尋ねる女房の声は、上擦っていた。噂の右近少将の
取次ぎに、やや興奮気味という感じだ。
こちらとしては、ちょうど話していた件で、梓子は典侍と意味ありげな視線を交わし
てしまう。
「……例の『一晩のはずが三日三晩経っていた』などと言い訳なさった件ですね。わか
りました、少将殿をお通ししてください」

御簾の外に許可の返答をして、典侍が梓子のほうを見る。梓子はそれに頷いた。

「やはり、その話を典侍様も耳にしていらっしゃいましたか」

権大納言は、当初、節会遅刻の理由を『一晩のはずが三日三晩経っていた』と主張したのだ。これを耳にした上の方々が、言い訳にしても、もう少しましな話はなかったのかと呆れ、謹慎処分やむなしと判断したわけだが、ここにきて、ほかにも同じ話をしていた人物がいたという噂が出てきたのだ。

おかしな事象が続いているのであれば、それは怪異の類ではないかという話になってくる。

「……これは、おそらくまだ続きます。行事関連の確認は、いつもよりこまめに行って、連絡がつかない方が出た場合に備え、代わりになる方を、あらかじめ決めておいていただいたほうがよろしいかと存じます」

典侍が眉を寄せる。

「……そうおっしゃるということは、やはりそちら関係ですか。貴女様がおっしゃるのなら、その予感は本当になるでしょう。ご忠告、心に留めておきます。少将殿のご相談というのも、おそらくは、女房たちの間で同じような話が出ていないかを知りたいということでしょう。さあ、小侍従殿、少将殿がおいでになるそうですから、急ぎお戻りを。……どうか、承香殿での仕事、くれぐれもお気を付けくださいね」

促されて、梓子は曹司を下がる。

「はい。典侍様もお気をつけて」

鉢合わせを避けて、入ってきた簀子とは違う方向の御簾から出ようとしたところで背後から、典侍に挨拶の言葉を掛ける男性の声がした。

「お久しゅうございます、典侍様。どなたかとお話中のようでしたが、大丈夫ですか？」

この声の主が、右近少将だろうか。

ほんの少しの興味から、梓子はそっと振り返った。

声の主は、巻纓冠に闕腋袍、武官の出仕時の衣装をまとっていた。やはり噂の右近少将のようだ。

端整な容貌、わずかに伏せた目の色香、やわらかに閉じられた薄い唇に浮かぶ品の良い笑み。物語の女君たちを惑わせる美貌の貴公子というのが、実在しようとは……。なるほど、たしかに『輝く少将』である。これは宮中の女房たちがこぞってその噂で盛り上がるのも無理はない。宮仕えから半年、噂をあまり耳に入れないようにしている梓子でさえ、右近少将との仲を噂される女性の名をたくさん聞いている。常にやや寝不足の気だるげな様子が、通う相手の多さの証左だとされ、艶めいた噂に事欠かない方ではあるが、梓子は話半分ぐらいに聞いていた。だが、これは華々しい噂にも納得がいくと言わざるを得ない。

噂も時には、根も葉もあるものだと納得して、梓子は内侍所を離れた。

■一■

承香殿へ向かう梓子の足取りは重い。簀子を進む衣擦れの音も重い。

「せめて、写本作業が終わるまでは勤めさせてほしいなぁ」

噂に根も葉もあるのなら、やはり異動先の承香殿はモノが出るかもしれない。そう思うと、ため息のひとつも出るというものだ。

モノとは、怪異を起こしているかもしれないナニカのことで、物の怪のようにハッキリとは認識されない、ごくあいまいな存在の総称だ。

今回の『一晩のはずが三日三晩経っていた』のように、事象として存在するだけで、具体的に狐狸に化かされたとか、何某の怨霊や祟りといった姿形や名前を持たない怪異は、モノにあたる。怪異としては、ごく初期段階の状態と言える。

梓子は、ごく幼いころからこのモノが視えていた。物の怪ほどハッキリとした存在になると声を聞くこともできる。言葉を発することができる物の怪とは会話も可能だ。だが、ここに、大きな問題がある。梓子の目は、常の人と人の姿をした物の怪の見分けがつかない。ついうっかり、ほかの人には視えていない存在と、廊下ですれ違う際に挨拶を交わしてしまうこともあるのだ。

「どうか、最初に話しかける相手が、常の人でありますように……」

異動するたびに増えていく梓子の怪しき噂の数々も、全部が全部根も葉もない噂ではないということだ。

もっとも、常の人は常の人で、モノとは別方向で怖い存在でもある。

宮仕えする者のほとんどは、自らも仕えられる立場にある。というのも、宮仕えの女房もその多くが、貴族の妻、あるいは娘であり、上臈・中臈・下臈の違いはあれども、自身も貴族層に数えられ、自邸に女房を抱える身だからだ。ただ、時に兄弟にも顔を見せない貴族女子が、男性の前に顔を出す女房になるというのは、あまり良く言われないことではあった。

それでも宮仕えには、屋敷の奥に籠っているだけでは到底お近づきにはなれない上流貴族との出逢いの機会がある。究極の幸運を得たならば、帝や親王の寵愛を賜ることも稀とはいえ皆無ではない。もっとも、出逢いばかりが宮仕えの目的ではない。仕える主を介して、親兄弟の出世を、あるいは、すでに夫のある身であれば、夫の出世を願うこともある。また、屋敷で日々を過ごすだけでは決して得られることのない知識、教養を身につけ、多くの人々との交流も叶う、自己研鑽の場とする者もいる。

それらの目的をひとくくりにすれば、同じ宮仕えの女房という職に就いていることは、共に働く同僚であると同時に、野心をぶつけ合う間柄でもあるといえる。

したがって、新人女房に、仕える場での立ち位置の確認をさせることは、必須の通過儀礼となっており、そこらへんを漂うだけのモノより、生きている人間のほうがはるかに怖いと実感させられることでもあった。

「貴女が、噂の小侍従殿かしら？」

承香殿の南に面した簀子から南廂に入ったところで、歓迎の雰囲気など皆無の、冷たい声が誰何する。噂の……とは、声の感じからいくと、よくない噂なのだろう。

「写本のお仕事を賜り、本日よりこちらに参りました小侍従にございます」

一礼してから顔を上げると、女房装束の女性が三人、それぞれの文机の前で筆を握ったままこちらを睨んでいる。

「典侍様の御親戚だとか？　筆が正確で速いと噂に聞いているわ、期待しているわよ」

予想外に、数少ない梓子のいい噂のほうを口にされた。それでいて、これだけ冷たい声となると、これは相当の修羅場状態にあると考えていいだろう。

「尽力いたします」

それでは……とばかりに空いている文机の前に座り、局に戻って持参してきた硯箱を取り出す。

「かげろふの日記でございますか……」

大臣にまで昇られたある御方の、数多い妻の御一人が書かれた日記だ。ものすごく大雑把に要約すると、夫婦生活における夫への不満と、ほかの女性への嫉妬、子育ての悩み、やがては諦念に至って、周囲を冷静に観察するようになる……というところか。

「任地へ下向する夫とともに丹波へ向かう女房の送り出しに、こちらの写しを贈ると女御様がおっしゃって……。ただ、急に決まった出立だから、なにを贈るかお決めになったのも昨日のこと。作品として、長くはないけど短くもないから、手が足りなくて、典侍様に手伝いの派遣をお願いしたの。小侍従殿は、ここからここまでをお願いね！」

人に贈るのに適した内容なのか疑問に思わなくもないが、近い机の女房の勢いに押されて、梓子は担当箇所を聞くとすぐに持参した筆を取り出し、作業に入った。

黙々と作業すること体感で数刻。梓子からすると、今回の写本作業は、ありがたい仕事だった。ひたすら写本作業をしている状態なので、常の人ならざるモノと擦れ違うこともうっかり声を掛けてしまうこともない。

これは、円満に作業完了までいけるのではないか。そう期待したのが悪かったのか、簀子を慌ただしく進む衣擦れの音が近づいてきて、間近で止まった。

「大変！　梨壺の作文会が始まるっていうのに、権中納言様が参内されていないって！」

声掛けなしに御簾を上げて入ってきた女房が、白い顔をさらに白くして叫ぶので、全員の筆が止まる。

中納言は、大納言と同じく太政官で、大納言に次ぐ重責にあり、現在は正員三名と員外の権中納言二名で構成されている。この下の参議まで含めて公卿、あるいは上達部と呼ばれ、帝の御前に伺候するわけだが、その権中納言が内裏に来ていないらしい。

「嘘でしょう？　東宮様の作文会に権中納言様がいないなんて、誰が進行役をやるのよ、紙の用意だって確認したいのに！」

作文会は、出された句題に沿って漢文詩を作り、その優劣を競う会だ。今上帝（きんじょうのみかど）は、これに力を入れていて、宮中でも頻繁に催されている。問題の会が開かれる梨壺は、正式名を昭陽舎（しょうようしゃ）と言い、東宮の御在所である。

「……ならば、御書所（ごしょどころ）へ」

できるだけ自分から話し掛けることはしないように典侍から言われているが、ここは致し方ない。自分以外の人と会話が成立しているなら、常の人であると思って間違いないだろうし、なにより、筆を止める時間が惜しまれる。

「…………は？」

梓子の存在に初めて気づいたらしく、御簾（みす）を上げて入ってきた女房は、慌てて御簾を下げた。外から見えないように気遣ってくれたようだ。その礼を兼ねて、梓子はようやく慣れてきたお仕事用の笑みを浮かべた。

「本日は、御書所でも作文会が行われると聞いております。出席される方はほぼ変わらないはず。それでしたら、そちらで進行役をされる方にお願いするのがよろしいかと」

帝が力を入れているので、皇族、上級貴族もそれに倣い作文会を積極的に開催していた。そのため、同日に複数会場で行われることもある。なにせ、行事の多い宮中で、殿上人が集まれる日は非常に限られているから、私的な集まりは日が重なりがちだ。

「御書所ね、行ってくるわ。ありがとう」

再び御簾を上げて女房が出ていく。本当に急いでいるのだ。簀子を進む衣擦れの音がやたら早くせわしげだ。よもや、立って小走りしているのではあるまいか。

「ねえ、権中納言様といえば、最近お通いの方がいるって噂があったわよね。まさか、参内されていらっしゃらないのは、寝過ごされたのかしら。……それとも……」

そんな声に、視線を御簾から奥の文机に移す。

「ああ、例のなかなか夜が明けなかったっていう話？」

正確には『一晩のはずが三日三晩経っていた』というものだ。内侍所で、梓子が典侍と話していた件である。予想通り、続いてしまったようだ。

「……となると、やはり」

ごく小さく呟いたつもりだった。だが、すぐ背後の御簾越しに、問う声がした。

「なにが『やはり』なのかな？」

驚きすぎて、文机ごと御簾の前から下がった。

「な、なによ、小侍従殿？　なにかいるの？」

ほかの女房たちも梓子を真似て文机ごと御簾から離れる。どうやら、悪い噂もちゃんと耳には入っていたらしい。

「大丈夫です。……常の人……、生きている人間のようです。たぶんですけど」

「たぶんじゃなくても、ちゃんと生きている人間だよ。……うん、その声だ、間違いない。捜したよ、小侍従殿。宮仕えを始めて、まだ日が浅いのかな。手が足りないところに入っている段階なんだね、いくら内侍所周辺でその声を捜してもいないはずだ」

穏やかな声が、さらに御簾の際まで近づいてくる。

「……どちら様でしょうか？」

こちらこそ、その声に聞き覚えがある。だが、その声の主に捜される理由に身に覚えがない。きっと人違いだ。

「私は右近少将を拝命している源光影と申す。……君と同じく、なにかと噂される身だ。聞いたことぐらいはあるでしょう？」

ほかの文机がガタガタと音を立てて、御簾ににじり寄る。三人の女房がこちらを見ている。急ぎの写本作業が吹っ飛んだような期待のまなざしだ。人違いでお帰りいただく雰囲気ではなくなってしまった。だが、梓子に期待の圧を掛けずとも、そもそも相手が去ってくれそうにない。御簾越しなのに、逃がすまいとする圧で、肌がピリピリするのを感じるほどだ。

「……その右近少将様が、どういった御用件で？」

「君も『一晩のはずが三日三晩経っていた』って噂を知っているんだよね？」

もしや、あの時の典侍との会話が聞こえていたというのか。では、チラッと見ていたことも気づかれたのだろうか。梓子は、再び文机を御簾から離しつつ、これに応じた。

「さあ……？　なにぶん噂というものに疎い性分でして。どなたかと勘違いなさっておいでなのではありませんか？」

「私の耳は特別にできていて、誰の声でも聞き分けることが出来る、という噂も知らないかい？　御簾越しであっても、一度聞いた君の声を間違えたりはしないよ。内侍所で典侍様と話していたのは、君だよ」

たしかに、右近少将が聞き分けの特技をお持ちだという噂を聞いたことがある。だが、それこそ根も葉もない噂だと思っていたのだ。そんな耳、もう常の人のものとは言えないだろうに。

梓子の沈黙に、相手は確信を深めたようだ。

「さあ、答えてもらおうか。君はなぜ、『これは続く』と言ったんだい？」

噂通りの優しく穏やかな気性を表すやわらかな声色で、梓子にそう尋ねてくる。ほかの女房たちは、文机の端を握り、嬉声（きせい）をあげたいのを必死に堪（こら）えていた。なのに、梓子は恐怖に引きつった表情で、悲鳴をあげたいのに耐えて文机の端を握るよりない。

「お、お話ししますから、少し御簾からお下がりください……」

今、この宮中で、この人から逃げたいと、これほど強く思っている女房は自分以外には居ないのではないだろうか。

「ただし、まずは上の方のご許可をいただきたいです」

こんな状況になるなら、この殿舎に出るモノに声を掛けて、また異動になるほうが、まだマシだったかもしれない。並のモノより、よっぽど『怖い』ではないか。そう考えると、やはり噂は根も葉もないものなのかもしれない。

■二■

「君と話をするのにも、典侍様の許可が必要なのかい？」

話す場を内侍所に移動することに、右近少将は納得がいかないようだ。

だが、納得いかないのは、梓子も同じである。今回の写本作業こそは、円満にお仕事完了までいけると思っていたのだ。それが、少将の訪れによって、梓子ばかりか、ほかの女房たちの筆まで止まってしまった。

正直、写本の筆を止めている時間の余裕はない、仕事にならないならば、原因を場から引き離すよりなかったのだ。

「いかに少将様の御声掛けと申しましても、上の方の許可なしに仕事を放棄して、持ち場を離れるわけにはいきません」

「なるほど。……でも、あの場の統括役でなく、典侍様の許可でないとならない理由は、なにかな？」

この人が、あの場の者に許可をもらいたいと言ったら、きっと二つ返事で貸し出されてしまう。ここは、右近少将の圧に屈しない人物に出てきてもらう必要がある。

「女官の采配(さいはい)は、典侍様の領分にございます。それに、あの方の許可を得られれば、後宮のどこの許可もいらなくなりますよ」

梓子としては、典侍に断ってもらうことで、今後の仕事にも支障がないようにしてもらえるとありがたい。それを期待して典侍を訪ねたのだが、話を聞いた女官統括役は、予想に反して、梓子の貸し出しを決定した。

「まあまあぁ、そういうことでしたら、ぜひぜひ小侍従殿をお連れください！」

むしろ、写本班の女房たちよりも積極的に、梓子を右近少将に差し出そうとしている気がする。

「典侍様……？」

真意を問おうと、几帳の裏であるのをいいことに詰め寄れば、典侍のほうも梓子に詰め寄り、興奮気味の小声で言う。

「姫さ……小侍従殿、これは好機です。少将殿は左大臣様の猶子。女性関係の噂にまみれたご本人は横に置いておくとして、横のつながりで有力な公達と知り合えるのではないですか。これが婿がね探しの好機でなくて、なんだと……」

猶子とは、兄弟、親族の子などを自分の子として迎えることをいう。噂によれば、右近少将の母君が、左大臣の北の方と姉妹である関係から、右近少将の父・親王が出家した後に左大臣の猶子となったという話だ。

「怪異に関わる仕事をすることと、婿がね探しは、別問題では……」

正直、仕事でこの手の話に関わらないようにすることしか考えていなかったので、堂々と関わるように勧められても、かえって腰が引けてしまう。それに、梓子は、典侍ほどは婿がね探しに積極的ではない。むしろ、消極的ですらある。

「そこですよ、小侍従殿。今回は、貴女様の御力を存分にお使いになれるんですよ」

「いえ、そこまでやるかは……。だって、まだ詳しい話を聞いたわけじゃないですし」

唐衣（からぎぬ）の両肩に、典侍の手が置かれる。

「細かいことはいいのです。ここは『モノめづる君』の本領を存分に発揮してきてくださいまし」

待ってほしい。モノを愛（め）でた記憶はいっさいないのに、その呼び名はいかがなものか。

御簾越しに見える右近少将が肩を震わせて笑いをこらえているではないか。これは確実に聞こえている。その右近少将を一目見ようとやや遠巻きに、でも出来得る限り近づこうと集まってきている女房たちにもきっと聞こえている。明日の朝には、この呼び名が宮中に広まっていそうで怖い。どう考えても、距離を置きたくなる呼び名ではないか。会うたびに梓子に婿がね探しを迫る典侍自らが、その前途多難さ度合いを上げないでほしい……。いや、前途多難になってくれるほうが、梓子的には、好都合なのかもしれないのだが。

「では、あとはお二人で話してください。……少将殿、貴方（あなた）の一挙手一投足を皆が遠巻きに見張っておりますから、小侍従殿とは適切な距離を保ってくださいね」

きっちりと線引きしてから、仕事の話にこの部屋を使うように言い置いて、典侍は曹司を離れた。

右近少将との間には、御簾の隔てばかりか、几帳まで置かれている。殿方に顔を見られるのも仕事の内という女房とは思えぬ重装備だ。

「では、上の方に許可をいただいたので、さっそく話をしようか。……改めて聞かせてほしいのだけれど、君はなぜ『これは続く』と確信し、疑わしい話に『やはり』と思ったのかな？」

さて、これはどう考えるべきなのか。

「ちょっと待ってくださいますか。どこから話を始めるか、少し考えさせてください」

「悪いが、半刻（一時間）と待てないよ。物忌みでもないのに三日三晩出仕してこない者が続くなんてありえないから、さっさと解決してきなさい、というのが主上の勅だからね」

主上の勅。つまりは、帝の御命令。その言葉に、梓子の頬が勝手に引きつる。帝の勅という強制力の強さもさることながら、これからの自身の発言の影響力もあまりに大きすぎるではないか。

「……規模感が想像と違ったので、断らせていただいてもよろしいでしょうか」

「小侍従殿、これは勅命だよ。面倒でも帝の臣民として、共に働こうか？」

声の調子からいって、御簾の向こう側の少将は、きっと、にっこりと笑っているはずだ。にもかかわらず、この圧はなんだろうか。さすがは、帝の信頼を一身に集める『裏宮中の最高位に君臨する人』と噂されるだけある。

「いえ……面倒ということはありません。わたしは、基本的に役目を与えられ、それをやり遂げることを信念としておりますので。ただ……、これ以上、宮中で目立ちたくはないのです」

隠すことなく本音を口にした。

「なぜ、目立ちたくないと？　主上の勅に従う姿で注目されることは、悪いことではないと思うけど？」

右近少将という人物は、基本的にいい噂しか流されたことがないのかもしれない。実績がどうであれ、悪意があれば悪い噂を流されるのが、後宮である。そこに、臣民としての頑張りなど考慮されないのだ。

「いえ、絶対に悪い噂になりますよ。……右近少将様といえば、数々の華々しい噂が宮中を飛び交う御方。そんな少将様とご一緒にお仕事するとなれば、もうこれ以上なく目立ちますし、様々な思惑から悪い噂を流されまくるに決まっています。わたしは地味でいいのです。宮中で名の知れた女官になるといった大望は、これっぽっちも抱いてはおりません。宮中で粛々と働き、それなりの歳になったら出家するというごくごく平凡で普通の生き方ができればそれで十分です……」

梓子の当世貴族女子にありがちな人生設計を、少将は話半分に聞いている。

「華々しい噂ね。女性の落飾は、それこそ好き勝手な噂を流されがちなものだけどね。……出家と言えば、二年ほど前に、私も出家しようと嵯峨野の寺に向かったことがある。

そのぐらいの噂は聞いている？」

典侍が『女性関係の噂にまみれた』と言った人物が出家？

「少将様が出家ですか？　……すみません、本当に世の噂に疎い身で、宮仕えを始めてからのここ最近の噂はともかく、二年前ですと宮中の方々のお噂が聞こえてくる場所にもおりませんでしたので」

母を亡くした梓子は、乳母の実家である屋敷の奥で、世間から隠れるようにして暮らしていた。より具体的には、実父とその北の方から隠れていた。そのため、長く屋敷の外との交流がなかったのだ。

何かとがめられるかと思えば、御簾の向こう側で少将が少し扇を開き、小さなため息をついた。

「そうか、もうあの話はなかったことになっているのか。宮中は次から次へと新しい噂が流れてくるから、埋もれてしまったんだろうね」

涼やかな声に鋭さが加わる。梓子は思わず身を硬くした。それを察してか、御簾の向こう側の気配がまたやわらかなものに戻る。

「まあ、とにかく二年ほど前に、私は志を同じくする親友とともに仏門に入ろうとした身だ。宮中を流れる華々しい噂に見合う実などないよ。……ここにいるのは、還俗させられたからにすぎないんだ。未練があって俗世に戻ってきたわけじゃないし、ね」

「それは、出家を許されなかったということで合っていますか？」

梓子の指摘に、御簾越しでもわかるように、少将が大きめに頷いてくれた。

「半分は合っているよ。離京の翌朝には、養父である左大臣様が寺までいらしてね、都に帰ることになったんだ。おそらくあの寺史上最速の還俗じゃないかな……。もっとも、お養父上が出家させたくなかった本命は、私ではなく主上なんだろうけどね。私の出家を聞きつけて、『自分も出家する』とおっしゃった。ご寵愛でいらした中宮様がお隠れになって少し経った頃のことだったから、誰が見ても本気だった」

俗世に引き止められたのは、自身ではない。それは、俗世を捨てると決めた身であっても、虚しく感じることではなかっただろうか。

「帰京して、主上が落ち着くまでの間、ずっと出家を思いとどまるように説得したんだ。出家を志して寺の門をくぐった身で、出家は良くないと説く羽目になってしまった……」

軽い笑い話の口調で終わらせようとする語尾が、空笑いに掠れて消える。

「ずっと……ですか?」

早く話を終わらせるつもりだったのに、つい、問い掛けていた。

「そう、ずっと。あげく、出家しないように説得しすぎて、私自身も出家する気が失せてしまったんだ。私がもう出家しないと明言したことで主上も落ち着かれた。今上に退位の意志があったなんて公にするわけにいかないから、表向きは、『主上が私を説得して出家を思いとどまらせた』ことになっているけどね」

なんて表情豊かな声だろうか。少将の当時の虚しさも、今はそれを苦笑い浮かべて話せるくらいになったのもわかる。

「こ、こう言っていいのか解りませんが、少将様はお戻りになりましたし、主上は出家をお取りやめになられたわけですから、左大臣様の一人勝ちではないかと……」

絞り出せたのは、彼が望むように軽い話に持っていくための言葉だけだった。

「いや、君は、ちゃんと解っているよ。まさに、そういうこと。すべて、お養父上の望まれる形で落ち着いた。さすが、当代最高位の政治家のなさることは違う」

今上の御代には、過去に摂政・関白、太政大臣もいたが、今は左大臣が最高位となっている。それは、二年前も同じだったはずだ。帝と左大臣に留められては、逆らうことは至難の業だろう。

「あの……ご一緒にいらしたご親友の方は？」

「彼も、お養父上と一緒にいらした彼の父親に説得されたけど、そのまま寺に残った。今も修行僧をやっているよ。そもそも彼が出家を望んだのは父親との確執なんでね。その本人が説得に来てもねぇ」

それは、親友の判断の正しさを擁護しているというより、出家の意志を貫いたことを少し羨んでいるように聞こえた。

「まあ、昔話はここまでだよ。いまの話をしよう。……ともかく、君が不安になるようなことはないよ。私との間にどんな噂が流れようとも、実がなければ、早々にほかの噂に埋もれていくからね」

手にした扇を閉じて、梓子の返答を待つ少将に、梓子もまた御簾越しであってもわかりやすいように大きく頷いて見せた。

「なるほど、理解しました。少将様は、一度は俗世をお捨てになった身なので、すでにお噂の実となるような情欲は枯れていらっしゃるということですね！」

やはり噂というものは、大抵が根も葉もない代物であり、実がなければ消えていくものなのだ。噂に事欠かない先達の言葉に、梓子は勇気づけられた気になって、力強く返事した。だが、御簾の向こうからは、やや力の抜けた声が返ってきた。

「……うん、なんかもう、そういうことでいいよ。この上、君になにか気になることがあるとしても、私は人を説得するのに慣れているし、君がうなずいてくれるまで、どれほど時間がかかっても平気だよ。なんだったら、一晩と言わず、三日三晩を費やすことも厭わないよ。情欲抜きの三日三晩も、なんら苦にならないからね」

先ほどは、半刻と待てないと言っていたのに、今度は三日三晩だって待つと言う。もう完全に狙いを定められた。噂の真相を知って満足している場合ではなかった。逃げ道を塞がれてしまったではないか。

御簾越しにも拘わらず、睨まれているのがわかる。心なしか、逃がすまいとする空気感が話し始めよりも増している。鷹の前の雀、蛇に睨まれた蛙。再び硬直した梓子に、救いの声が聞こえてきた。

「少将殿、小侍従殿、よろしいでしょうか？」

この曹司の主である典侍が、若干焦った様子で戻ってきた。

「典侍様？　なにかございましたか？」

曹司に入ってきた典侍は、梓子の隣に腰を下ろすと、まだ息も整わぬ状態で話し出す。

「また一人……、参内予定の権中納言様がいらしていないとのお話を耳にいたしまして、お伝えすべく急ぎ戻りました」

例の東宮の御前での作文会に来ていない権中納言の話が、清涼殿にも届いたようだ。典侍は帝に近侍する上の女房の実質的な長であり、帝の身の回りの世話をするのが本来の職掌である。この場を離れて帝の居られる清涼殿まで行ったものの、すぐに戻ってきたということは、それを指示した帝から少将への『さっさと解決してこい』という催促なのだろう。

「そうか。……ねえ、小侍従殿。君は、これがまだ続くと言うの？」

なぜだろう、怪異が続くのは、さっさと解決に協力しない梓子のせいだと責められている気がする。

「そのようなことはございませんよ、少将殿。小侍従殿であれば、怪異のひとつやふたつ、筆をさっとはらう如く、あっという間に消し去ってくださいますとも。無論、二度と宮中の業務の邪魔などさせぬよう徹底的に、です。ねえ、小侍従殿？」

断言して梓子を見る典侍の目が鋭い光を放つ。

梓子は忘れていた。梓子の乳母の大江は武士の家の出だった。それは、同母妹の典侍も武士の家の出ということだ。モノの類は、はっ倒して、突き飛ばして、完全排除する対象であるというのが、基本の考えなのだ。

ここに至って、梓子の逃げ道は、完全に塞がれた。

「……あ、はい。よくよくお勤めに励みます」

宮仕えの女房なんて、こんなものだ。上からの命を断るという選択肢はないのだ。

梓子は宮仕えの女房の闇に、また一歩踏み入った気がした。

典侍が、来た時の勢いのまま、清涼殿に戻っていくと、梓子は少し御簾に寄り、少将へのお願いを口にした。

「……とはいえ、少将様には、まず正確な情報を集めていただきたいです」

仕事をやると決めたなら、やり遂げるまで全力で、が梓子の信条だ。何はともあれ、なにが起きているのかを知る必要がある。だが、それでも少将にとっては、いきなりのことだったようで軽く止められた。

「一足飛びだね。君は、今回の件が怪異であると確信した理由を、私に教えてくれないのかい？」

ここは内侍所だ。最初に少将がここを訪ねてきた時と同じように、彼がいるだけで、目には見えない耳目が増えている状態だ。

「少将様、宮中には……というよりも貴方様の周りには、目に見えぬ耳目がたくさんございます。うかつなことは口にできません。そこで、情報を三点、揃えていただきたいのです。それを聞けば、わたしには、それがいずれ落ち着くモノであるか否かがわかりますので」

梓子は立てた几帳の横から御簾の端近まで手を伸ばすと、指を順に折って、求めるものを指定した。

「ひとつに、始まりはどこか。ふたつに、こちらの怪異に遭われたと主張される方々が、どのような一晩を過ごされたのか。みっつ、お通い先はいずこか。この三点です」

譲らぬ姿勢に、少将が折れた。扇の裏で一つため息をついてから、御簾の前から少しばかり身を引いた。

「私にはわからないが、君には君の理論があって、それに沿って判断を下すということだね。わかったよ。帝の勅は私自身にも下されている。私も勤めに励むとしよう」

そこで話を区切って立ち上がった少将だったが、思い出したように御簾の中に尋ねてきた。

「ところで、小侍従殿。私がその三点を集めてくる間、どちらでなにを？」

新たなお役目をいただいた以上、先に片付けるべきものがある。梓子は、しごく当たり前とばかりに、問いに応じた。

「もちろん、承香殿で写本作業の続きです。与えられたお仕事を、半端で放り出すことなど、わたしの信条に反しますから」

なぜか、少将が扇の後ろで小さく笑う。

「……わかったよ。君が望むものをそろえて、承香殿にうかがうとしよう。締め切りが明日の朝なんだっけ？　あとで、皆で分けられる唐菓子でも差し入れるから、頑張って」

きっと、この人は、その容姿ばかりでなく、こうした心遣いこそが、女房たちに騒がれる要因なのだろう。

「ありがとうございます。きっと、皆さんお喜びになって、作業もますます勢いづくことでしょう」

御簾の内側、几帳の裏で梓子は深々と頭を下げた。

■三■

承香殿の写本作業部屋は、意外にも梓子の帰還を快く迎えてくれた。二名ほど増員されていたが、それでもまだ写本作業の戦力は足りないらしく、作業に戻ってくれるなら誰と一刻消えていようと、不問ということらしい。さらに、少将からの差し入れの件を伝えたことで、大歓迎の中で作業再開となった。

梓子の作業再開から半刻ほど経った頃に、少将からの唐菓子が届いた。いくつか種類のある唐菓子の中でも、米粉をこねて、捻って棒状にし、油で揚げたものだった。

「……ということで、右近少将様から唐菓子が届きました。小腹を満たしたら残りも気合を入れて頑張りましょう」

唐菓子を受け取った梓子が、各文机（ふづくえ）を回って菓子を分けると、さっそくつまんだ女房が、あくびをした。菓子休憩で、集中が途切れたようだ。

「唐菓子もありがたいですが、眠気覚ましに、なにか目の覚める話はありませんか？」

部屋の視線が梓子に集中したが、首を振って断った。すでに夕刻、外も暗くなってきている。こんな時間に梓子が語る話では、モノを呼びかねない。

「……じゃあ、写本作業の士気に関わるかと思って黙っていた話をひとつ。この写本、突然決まった夫の下向に付き添うことになった女房に渡す……って話だけど、突然下向が決まったのは、噂の『一晩のはずが三日三晩経っていた』のせいなんですって」

語る女房を除く全員が、えっ、と口にして、菓子を持ったまま動きを止める。

聞けば、その女房の夫、新たな丹波守（たんばのかみ）となった方は、少納言（しょうなごん）であったそうな。

少納言も太政官ではあるが、大納言・中納言とは異なり公卿（くぎょう）には数えられていない。帝の御璽（ぎょじ）、および太政官の印を取り扱う。なお、公卿の末席である参議のすぐ下というわけでもなく、所属は違うが官位だけでいえば、右近少将よりも下である。

「同じことがまた起こったから、右近少将様が小侍従殿に話を聞きにいらっしゃる類の話かもしれないということになったんでしょう？　でも、最初だと、どうにも言い訳でしかないじゃないですか。それで上の方々のお叱りを受けて、新嘗祭（にいなめさい）も終わったばかりのこの時期に下向だって。ちょうど丹波守様が卒去（そっきょ）されたから、急遽（きゅうきょ）……」

思わぬところから右近少将に頼んだ情報のひとつが判明した。

「丹波なら都から遠くはありませんが、急だと北の方様は大変そうですね」

梓子が言えば、場の全員が深く頷く。

「こういうときに、正妻格って微妙だと思うのよね。この本を受け取られる北の方様といえば、承香殿だけでなくほかの殿舎でも名を知られる琵琶の腕前で、丁子大納言様が伝来の琵琶をお与えになったって話も聞いたわ。それなのに、都を離れなければならないなんて。もちろん、都に妻子を残される方も多いけど、連れて行くなら正妻格でしょう？　妾であれば、下向に付き添うことはほぼないから都に残れるじゃない？」

丁子大納言は、正員の大納言で、もっとも大臣の位に近いと言われている人物であり、その影響力も大きい。その丁子大納言が丹波守の北の方に琵琶を下賜したということは、丹波守が——正確には降格前の少納言が——朝廷において自身の庇護下にあると公言しているに等しい。だからこそ、逆に今回の処分は、丁子大納言の影響力の一端を削いだことになる。

「離京されるなら、せっかくの琵琶も返却……というかお取り上げでしょうね。とはいえ、一時のことであっても名のある琵琶に触れられる機会に恵まれるのが宮仕えの利点よね。受領の生まれでは、どれほど琵琶の腕前が良くても、屋敷に籠っていたら家格に相応の琵琶にしか触れられないけど、宮中でお仕えする方に目を掛けていただければ、名のある琵琶を賜ることもあるのだから」

一番御簾から遠いところに文机を置く女房が、摘まんだ唐菓子を琵琶の撥のように振り動かす。

「わかる。宮仕えでしか得られないものってあるわよね。写本は地味で優雅さのかけらもない作業だけど、手に入りにくい物語を読めるのがありがたいわ。伝手がないと物語を借りることも難しいもの」

今回のような写本作業で声がかかるのは、能筆と評判の女房になる。そのほとんどが、日頃から自分用の物語の写本をしているから筆慣れしていることが多く、物語好きだ。

「時間があれば、担当部分以外も読みたいですよね」

梓子は墨の乾いた紙を集めて順番に並べながら呟いた。途中で少し場を離れたが、なんとか担当する部分を写し終えられそうだ。今回、怪異は内裏を離れた場所で起きているからか、一緒に写本作業をしている女房たちも梓子の存在に寛容だ。

「まあまあ、それなら、小侍従さん、左の女御様のところに呼ばれた時に、自分を売り込んでみてはいかがでしょう？　さすが左大臣家から入内された女御様、お持ちの本の量がすごいですから」

宮仕えの先輩女房が持つ情報には、多少話題に偏りがあれども、仕え先を探している身にはありがたいものが多い。これもまた宮仕えの利点だ。

「ですが、左大臣家から入内された女御様となれば、家格が……」

梓子は、典侍の縁者としてやや強硬に宮仕えを許された身だが、左大臣家の女御に仕えるとなると、出自の詳細を問われることになる。それは避けねばならない。

「大丈夫でしょう。少し前までならともかく、今のあそこは、家の格よりも一芸持ちであるかどうかで正式採用が決まるらしいから。あなたは、噂にお聞きしていたとおり、作業が正確で速いわ。十分に一芸持ちで売りこめるんじゃないかしら」

全体としては高評価のようだが、言葉の細部に微かなトゲを感じなくもない。宮仕えの女房のほとんどが受領階級の出である。その中で、典侍は大納言や中納言といった公卿の娘が就く位なので、縁者の扱いである梓子の出自もどうせ自分たちよりも高いと思われているのかもしれない。

ここは、どう返すのが今後の宮仕え生活の安寧のために良いだろうか。頭の中で必死に考えを巡らせていると、簀子を行く衣擦れの音が間近で止まった。

「悪いけど、小侍従殿には、私と一緒に来て、一芸を披露していただきたいかな」

御簾の向こうから声がかかる。きゃー！　と、ほかの文机から声があがった。夜とは思えぬ興奮状態だ。眠気は完全に覚めたらしい。写本作業に楽しみを見出す物語好きが集まると、物語から出てきたような公達に、よけいに騒ぎたくなるのかもしれない。

「……少将様、お待ちしておりました。わたしのほうも偶然情報が手に入りましたので、話をいたしましょう」

これ以上、静かな夜を騒がしくすることがないように、梓子はまとめた紙の束を文机に置くと、御簾の前に膝を進めた。

「ひとつめの『始まりはどこか』は、新たな丹波守様で確かですね」

極力声を小さくして、梓子は御簾の向こうに問いかけた。

「そのようだね。ここに来る前に主上にも報告してきたのだけれど、そうなると今回の配置換えは少々気の毒だったのではないか、と気にされていたよ」

帝が政治的決定に対して私情を口にされることは滅多にないはずだ。それを聞いてきただけでなく、一介の女房に話すことを許しているあたりに、帝の少将への強い信頼を感じさせる。

「新たな丹波守となった少納言殿、行事に遅刻された権大納言様と続き、三人目は作文会を欠席された権中納言様。三人全員から直接話を聞けたわけではないけれど、周辺の者たちからどんな風に主張していたかは聞けた。それが、通い先に関わる話になるのだけれど……、いずれも『通い』ではなく『帰宅』だった。どなたも、ご自身の邸宅で『一晩』をお過ごしだったんだ」

自身の邸宅で過ごしたということは、三人が共通の誰かのもとに通っていたわけではないということだ。

「さて、小侍従殿。情報をみっつそろえたよ。今回の件、解決に協力してくれるよね？」

少将が明るい声で言えば、御簾の内側では梓子の背に期待の視線が突き刺さる。

「まず誤解があるようですが……、わたしには祈禱や祓いや退治といった、物の怪を消し去る行為はできません。ただ、モノを視ることはできます」

少将に言うというより、御簾の内側向けに言ったことだった。少将は、解決しろとは言っていない。解決に協力しろと言ったのだ。おそらく、梓子になにができて、なにができないのかを、それなりに知っているのだろう。だから、梓子としては、写本作業を共にした女房、および少将がいることで聞き耳を立てているだろう承香殿付の女房たちに多少なりとも自分のことを正確に知っておいてもらうために口にした。

帝の勅命で動く少将に声を掛けられている以上、視えていることを誤魔化すのは、もう無理だろう。ならば、せめて物の怪を退治したり、操れるわけではないことは知っておいてもらいたい。

「そうか。噂は噂ということだね。……で、君がなにを視たのかは聞いていい？」

そういう流れにはなるとわかっていても、視えない人に、視えたモノを語るのは難しい。梓子は、言葉を選びながらゆっくりと説明した。

「謹慎明け、後宮へ謝罪にいらした権大納言様を。遠目でしたが、あの方がモノの残滓(ざんし)をまとっているのが視えました。怪異に遭った方というのは、怪異が触れた痕跡(こんせき)が残ってしまうものなのです。だから、皆さんが冗談のような言い訳だとおっしゃっていたことも、本当だと思ったのです。ですから……」

小侍従は、語尾をあいまいに途切れさせた。

「……なるほど。だから、君は直接私に近づこうとはしないんだね」

御簾の向こう側の少将が、かすかな声で呟き、遠慮するように身を下げた。

「……ああ、やはり少将様は、御自覚がおありなのですね。視えてはいらっしゃらないようですが」

ゆるゆると『輝く少将』にまとわりつき、その輝きを鈍らせている薄い影。まるで薄く透ける夏の女衣を被っているかのようだ。

「うん、私には見えない。でも、居ることは知っているよ。絶えずなにかがこの身に、まとわりついている気配を感じているからね。もう長くまともに眠れていない。二年前、あのまま出家していたなら、解放されたのでは……と、そう思わなくもないね」

いつも眠そうなのは、お通いになる相手がたくさんいらっしゃるから。その気だるげな表情に色気を感じる、そう噂している人もいた。

ああ、本当に噂の裏側なんて、こんなものだ。どれほど『あやしの君』などと呼ばれていても、目の前の苦しむ人を助けるどころか、一時的にでも楽にする術さえも、梓子は知らないのだから。

「すみません。わたしでは、どうすることもできなくて」

「君が心苦しく思うことはない。帰京後、左大臣様ほどの御方が呼び寄せてくださった本職の者にも、どうにもできなかった。どうしてかはわからないが、モノを寄せやすい体質なのだそうだ。だから、いま憑いているモノを祓ったところで、どうせすぐに次のモノが寄ってくる。……そんな私だから断言しよう。君は本物だ。正しく常の人ならぬモノが視えている。ますます協力してほしくなったよ」

御簾越しのぼんやりとした印象の中、目だけが仄暗い光を宿す。怖い。その身にまといつく尋常ならざるモノがしたことか、この人の本性がしたことか。人を睨むのとは違う、獲物に狙いを定めた獣の如き目をする。

「……わたしは、全力で逃げたくなりましたけど？」

絞り出した声に、あろうことか少将が笑いを漏らす。

「すまない、君があまりにまっすぐだから、つい。……こんな状態になってから、以前にも増して厭世的になってしまってね。だって、世の人々は好き勝手を言うじゃないか。私とて好き好んでこうも慢性的な寝不足を抱えているわけではないよ。主上は、この状態をご承知だからお許しくださっているだけで、主上の寵を笠に着ているわけじゃない。……むしろ、私は主上の寵の十分の一でいいから、どなたかに持っていっていただきたいくらいなのに」

寵臣というのもご苦労が多いようだ。

「内大臣様など、私の顔を見るたびに皮肉をおっしゃる。先ほどなど、『忠臣ならば、主上にも夜遊びの楽しさを諭してはいかがか』などと。ご自身が遠ざけられているのを、左大臣家の猶子である私が何か吹き込んだせいだと思っておいでのようでね。不敬なことだ。主上は、讒言に惑わされて、政を決めるようなことはなさらないというのに」

内大臣といえば、節会に遅刻した権大納言と兄弟の関係だ。梓子が出した条件の情報を集めるために宮中を回ったことで、顔を合わせたくない人に遭遇してしまったようだ。

梓子としては、若干の申し訳なさを感じる。

内大臣は、左大臣の甥にあたるが、政治的に対立する立場にあるので、帝の寵臣であるだけでなく、左大臣の猶子であることも、少将が気に入らない理由なのだろう。

「いや、私のことはいいんだ。……宮中の安寧は国の安寧であるとお考えの主上から、勅を賜った以上、私は今回の件を解決する。手伝ってもらうよ、小侍従殿」

今更の確認である。

「わたしは、お受けした仕事を、最後まで投げだしたりいたしません」

梓子は、文机に置いた紙の束をチラッと見る。

「信条に反するから？」

面白そうに少将が問う。本人曰く厭世的な性分らしいので、梓子の仕事に対する姿勢に言いたいことがあるのかもしれない。だが、これは揺るがぬ信条だ。これを決めたからこそ、梓子は宮中でヒソヒソと何を言われても、折れないでいられる。

「そういうことです」

力強く返し、すぐに聞いた情報を頭の中で並べて、考え始める。

「それにしても……皆様が自邸でお過ごしの一夜が三日三晩ですか。だとすると、モノは場でなく、物に宿っている可能性が高いですね。新たな丹波守様から始まり、三番目の権中納言様まで、この流れで、なにかが受け渡されたはずです。そのあたりの話は聞けませんでしたか？」

「丹波守殿と権大納言様は伝手がないので無理だったけど、権中納言様は、左大臣様経由で伝手があったから、謝罪に参内してきたところを捕まえて、直接話を聞けたよ」

たしかに下向直前の丹波守と、本日自邸謹慎が解けたばかりで宮中を謝罪回りしている権大納言は、いずれも左大臣側の人ではないので、不祥事についての話を本人から聞くのは難しいだろう。帝の勅で押し通せば、それはそれで反感を買う可能性が高い。ここは、一人でも直接話を聞けたなら、十分だ。

「それで、権中納言様は、実は三日三晩経っていたという、とんでもなく長い一夜に、いったい何をしていらしたとおっしゃっていましたか？」

もしや、すぐにも解決か、と興奮気味に御簾の向こうに問えば、背後から諫める声が飛んできた。

「小侍従殿、落ち着いて！　そんなことを聞くなんて、はしたないわ」

振り返れば、部屋の女房全員が顔を赤らめている。

「……え？　あっ！　いや、そういうことではなくてですね！」

物語に語られる怪異で、男性がどこかで一晩過ごすと言うと、だいたいは女性と共寝しているものだ。彼女たちの想像を察して、梓子は御簾の前で慌てた。

声を大にして否定する梓子を、今度は御簾の向こう側から笑い交じりに諫める声がした。

「いや、大丈夫。ちゃんと話せる内容だよ。……記憶はおぼろげだそうだけど、夢うつつに北の方様を相手に酒を飲みつつ雑談してお過ごしだったみたいだ。あと、弾物(ひきもの)らしき音が聞こえていたとおっしゃっていた。半ば寝ていたので、なんの音かまではわからなかったそうだ」

　弾物とは弦を弾く楽器のことだ。携行可能な笛などの吹物(ふきもの)が、男性が好んで奏する楽器の定番なら、物として大きい弾物は女性が好んで奏する楽器と言われている。物として大きいから殿方が携行するのには向かず、邸宅の奥に暮らす北の方や姫君向けなのだ。

「弾物は大きいですから、別の御屋敷に移動させようとすれば、相当目立つはずです。ですが、そういった話は出ていないご様子。そうなると、音がしたからといって弾物がモノの宿りとは断言できませんね」

　梓子は、弾物の代表である箏(こと)を抱えて歩く自分を想像し、眉(まゆ)を寄せた。

「移動するなら、たしかに吹物のほうが適しているね」

　少将も梓子に同意して、小さく唸(うな)った。そもそも良い楽器は、家が代々伝えていくもので、家と家の間を頻繁に渡っていくようなものではない。

「主(あるじ)の定まっていない女房ですから、宮中であればわたしもわりとどこにでも潜り込めるんですけどね。内裏の外は……」

　各邸宅を回って、直接その家の弾物を見せてもらうのが早いが、そうもいかない。

「誰かの女房として、連れて行ってもらうとしても、お三方への緊急訪問が許されるのは、主上ぐらいですよね。……さすがに御幸(みゆき)を行っていただくわけには……」

梓子が考えを巡らせているところに、急な声が飛び込んできた。

「まあ、今度はどこに潜り込もうと企んでいらっしゃいますの、小侍従殿？」

刺々しい声とともに、母屋と局の間に置かれた几帳を退かして、数名の女房が写本作業の場に入ってきた。

「今回の企み、いかに典侍様の筋の者とて許されるものではありませんよ、小侍従殿」

承香殿の女房だろうか、やや背を反らせて見下すあたり、正しく新参女房への通過儀礼の体勢である。

「企み……？　なんのお話でしょうか？」

つい、同じ作業をしていた女房たちのほうを見たが、彼女たちも首を傾げた。

「少将様を長時間独占して、振り回していることよ！」

鋭い声に、びくっと肩が震えた。身に覚えがなさ過ぎて、反論の言葉が出てこない。

「いや、私は主上の勅で動いているんだ。どちらかというと、私が小侍従殿を振り回していようなものなのだけれども……」

こちらも何を言えばいいのやらという様子で、少将がそう言ってくれたのだが、相手は、少将の言葉でさえもあまり聞く気がないようだ。

「まあ！　すでに主上の勅が下っているのですね。これで逃げ道は塞がれましたわね、小侍従殿」

なにから逃げるのだろう。この状況からだろうか。梓子は、なんとか反論の言葉を絞り出した。

「いやいや、その勅の一部ですから。少将様が動かれるのも、わたしがこうしてお話を伺っているのも」

「なにを……。誤魔化さずともよいのです、少将様。この者がこのたびの騒動の諸悪の根源なのでございましょう？　その尻尾を摑むためにいらしたのでしょう？」

　ますますよくわからないことを言われた。

「……なぜ、そのような考えに至られたのか、お聞かせいただけますでしょうか？」

　相手はモノでなく、生きた人間である。梓子としては、なんとか対話を成立させたいところだ。

「簡単な理屈ではないですか。小侍従殿といえば、怪異の噂途切れぬ者。『あやしの君』ばかりか、『モノめづる君』とも呼ばれているのですよ。この者以外の誰に、怪異が起こせましょうか？」

　ほら、典侍様が変な呼び名を増やすから、こう余分な誤解が生じるじゃないですか。梓子は、わずか数刻で後宮内に広まった新たな呼び名に関して、心の中で抗議の声を発していた。だが、実際に口に出して抗議の声を上げたのは、意外にも共に写本作業をしていた女房たちだった。

「……おやおや、それだけのことで？　小侍従殿の呼び名が何であろうと、今回の件とのかかわりを示すものは、どこにもないではないですか？」

「宰相の君のおっしゃるとおりよ、よくそれで、小侍従殿の企みと言い切るわね」

「はあ？　なぜ、あなたたちが反論なさいますの？」

予想外の方向からの反論に、承香殿の女房が驚きの声を上げれば、二番目に反論をしてくれた女房が、写本作業者の本音を返す。

「納得いかない上に、解決にもなりゃしないことで、この忙しい時に、こちらの筆を止めるからよ！」

二人とも完全に立って睨み合っていた。貴族子女の端くれには入っている宮仕えの女房として、あまりにも礼儀作法に反していた。

「うわぁ、お待ちください！　お二人とも落ち着きましょう」

御簾の向こうには『輝く少将』が居て、見えないだけで周囲には多くの少将目当ての女房たちが潜んでいる。目も耳も多い中でのこの失態は、二人の今後の宮中内評価を落とすことにつながる。

二人の間に入ろうと、梓子も立ち上がろうとしたところで、御簾の向こうからパンッと手を打つ音がした。騒がしさが夜の静けさに一気に引き戻される。

「一旦、沈黙。皆、頭の中で三十数えてくれるかい？」

有無を言わせぬ口調で少将が言えば、場の誰も逆らうことなく、梓子も含めて頭の中で数を数えていた。

「では、改めて。皆に問うので、冷静に考えて答えてほしい。今回の件、私が話を集めたところでは、三日三晩にわたり邸宅に人を留め置くというものだった。これが毎日宮中で仕事している宮仕えの女房である小侍従殿に可能なことだろうか？」

物忌みや月の障りなどで、宮仕えの女房が里下りすることはあるにはある。だが、大半は、宮中に寝泊まりしての仕事である。

「無理でしょうね。本日は、この承香殿で朝から写本を行っておりました。記憶が確かであれば、典侍様からは、こちらでのお仕事の前に、殿司のお仕事をされていたと伺っております。後宮の各殿舎に灯りをつける作業は、当然のことですが夕刻からのお仕事。小侍従殿が夜の宮中に居ない日が、どれだけあったでしょうか？」

落ち着きを取り戻した写本作業の女房が、少将の問いに応じた後に、同部屋の他の女房に問いを繋ぐ。

「ないでしょうね。わたくしを含め、ここにいるのは、朝までに写本をお渡ししたいとの承香殿のほうからの強いご希望により、典侍様がお集めになった者たち。小侍従殿も能筆だけが理由でなく、確実にこの作業を任せられる……宮中におられると解っているからお声がかかったのでは？」

「おふたりとも、ありがとうございます」

梓子本人の言葉では納得しないだろう承香殿の女房たちも、これには黙り込んだ。

「噂の話でなく、事実を言っただけよ。……だいたいね、典侍様が自身の縁者だから過分な便宜を図ったり、不審な行動をお許しになったりするような御方だと、思っておいでの方が、ここにどれだけおられますか？」

承香殿側の女房を含めて、全員沈黙である。少将さえも、だ。それをもって回答とすることを、視線で確認し合って話を区切る。

そもそも、梓子が典侍から過分な便宜を図ってもらっているなら、とっくに決まった主がいるはずなのだ。宮仕えを始めて約半年、いまだに人手の足りないところに派遣される日々を過ごしているのだから。そんなことを考えて沈黙していると、察してか、皆が沈黙し、梓子に痛ましいものを見る視線を注いだ。これはこれで傷つくところだ。

承香殿の女房が、広げた扇の裏で小さく咳払いをしてから、口を開いた。

「……ええ、そうでしたわね。認めますわ。たしかに何度も三日三晩も宮中を下がっているなんて、噂にならないはずがありませんものね。ましてや、小侍従殿の夜の行動は、翌日の昼頃までには後宮に共有されていますもの。夕刻以降、近づいてはならない場所を把握するために」

自身が、そんな風に宮中のお役に立っていたとは、ついぞ知らなかった。梓子は、色々と思うところを呑み込んでから、場の人々に問う。

「お話を伺うに、わたしだけでなく、宮仕えの女房には無理ということで合っていますか？　すでに三人の方が怪異に遭われたご様子。三件の間には日があいていたと言っても数日のこと、日が重なってはいないのですから、女官や女房であれば、かなり長く出仕していないことになります。そんな者がいるなんて噂を、どなたか耳にしておられますか？」

場の女房たちが視線を交わし合う。

「そもそも怪異に遭遇された公達は、皆様、同じ方のもとにお通いだったの？」

承香殿の女房が疑問を口にすれば、少将の話を聞いていた写本作業の女房が首を振る。

「さきほどの少将様のお話だと、皆様、自邸でお過ごしだったそうよ。だいたい、怪異に遭われた三人のうち、二名は公卿。そんな高位の方々に言い寄られる女房が居たら、それこそ噂になっているわよ」

「ですよね。……そうなると、やはり怪異を宿した物がお三方の間を移動したことになりますね」

中断された思考を再開して、梓子は呟いた。場ではない、人でもない。なにか物が三者の邸宅間を動いたはずだ。

「なにそれ、怖い」

場にいる女房の誰かが声を引きつらせている。それに被せて、別の誰かが梓子に問う。

「一所に留まらないモノとなると、いつ宮中に現れるやもしれないということでしょうか？」

「そこは、どうでしょう。お三方それぞれが自邸に居られる日を、正確に狙っていたかのようにも思われます」

梓子は、御簾越しに少将を見た。

「少将様、お聞きしたいことがあります。殿方は、北の方様がおいでになる邸内に、ほかの女性をお召しになるものなのでしょうか？」

ほかの文机から「小侍従殿ってば、またそういう話を……」という呟きが聞こえたが、御簾の向こう側の少将は、真剣に考えてから答えてくれた。

「……そこは人によるんじゃないかな。でも、世の習いで行くと、北の方と暮らす自邸というのは、北の方の生家であることがほとんどだ。権大納言様の北の方様は大納言家、権中納言様に至っては、たしか右大臣家のご息女だったはず。まず、そのようなことをしようとは思わないよ。気になる女性がいるなら、そちらへ通えばすむ話だからね」

既婚者なのか、数名の女房が同意して頷く。

「では、やはり移動している怪異は、人に似せた姿形も持ってはいないでしょう。移動したのも『物』だからと考えて、改めてお話を伺うよりありません」

「話を伺うって、そのモノに？」

「いえ、その邸宅に居られる方々に、ですよ。物の怪の場合は、自我が芽生えているので、会話可能で意思疎通もできますけど、まだ妖の段階では姿形が曖昧な上、自我がないから会話にならないんですよね」

事象だけのモノが、場所や事物、人物と結びつきを得た段階を妖と呼ぶ。まだ固有の名を持たず、個体として認識できる姿形も持っていないので、対話ができない。ただ、物の怪に近づくほどに自我がはっきりしていき、会話ができなくもないのだが、そこまで細かい話は、この場で言うことでもないだろう。軽めの笑い話として言ったつもりの梓子だったが、場の女房たちがざわついた。

「小侍従殿、物の怪とは会話できるんだ……」

御簾の向こう側の少将は、またも肩を震わせて笑いをこらえている。やってしまった、と、梓子は悟ったが、すでに遅い。宮中に新たな噂が広まる予感しかない。

ここは記憶を上書きしよう。梓子は立ち上がると、自身を糾弾しに入ってきた承香殿の女房たちに宮仕え用の笑みを浮かべた。

「さて、話が終わったところで、お時間の余裕と筆に自信のある方は、この場に残っていただけますでしょうか。この騒ぎで、しばし筆が止まっておりました。朝までに終わる気がしませんので、お手伝いをお願いします。……それで、この騒ぎは終わりにしませんか？」

この騒ぎのせいで写本作業が終わらなかったという話になると、叱られるのは梓子たちだけでなく、依頼しておいて作業を止めた承香殿の女房たちも同じだ。

「わかりましたわ。能筆とは申しませんが、そこそこの手跡と言われております。お手伝いに残ります」

承香殿の女房たちが数名、写本作業に加わってくれることになった。

「さすがだね、小侍従殿。受けた仕事は完遂する信念には感服するよ。筆を止めた咎めは私も等しく受けるべきだ。すまないが、誰か私にも文机と硯を。筆は常に持ち歩いているものがあるので大丈夫だ。写本作業、参加させてもらうよ」

この一言で、さらに写本作業希望者が増え、夜を徹した作業もにぎやかに進められた。おかげで、日が昇る前には写本作業を終え、その場の皆で表紙や裏表紙に紐選びまでして、冊子としての体裁を整えてから、承香殿側に『かげろふの日記』をお渡しすることができた。その仕上がりに、受け取った承香殿の主であり、写本の依頼者でもある王女御様は、写本冊子のほうを手元に置きたいと周囲に語ったという。

「色々ありましたが、無事に写本を納めることができました。……少将様もありがとうございました。少将様の参加で、確実に参加者が増えました。その分、ただのご褒美時間になっていた気がしなくもないですが」

眠気覚ましに雑談をしながら作業をした。そのため、写本作業に参加した女房たちは、二人きりでないにしろ少将と話す機会に恵まれたのだ。これをご褒美と言わずして、なんと言うのか。

「ねえ、小侍従殿。眠い頭で考えたことだから、間違っていたら指摘してほしいのだけれど……。写本は王女御様が、丹波守の北の方に下賜するものなんだよね？　宮中では女房がなにか物を賜ることってよくあるのかい？」

出仕半年のうえ、決まった主のいない梓子では、これに即答するのは無理だった。

「頻繁というほどではありませんが、なくはないようですね。特に宮の女房はお仕えする主はもちろん、その生家からも色々配られるらしいですよ」

すべて伝聞でしかない。

「そうか。……宮中では、物のやり取りがあるんだね」

少将の呟きに、梓子は御簾の端近に急ぎ寄る。

「少将様、それって……」

頭に浮かんだ考えが、少将と一致するか確かめようとするも、とぎれとぎれの声で止められる。

「……すまない、小侍従殿。ほんの……、少しだけ、柱の陰で、休ませて……。明け方は、モノの影響が、……弱まるから……」

声が途切れた。御簾の横からそっと覗く(のぞ)と、端整な顔立ちの人物が柱を背にして、寝落ちしている。こんなところで寝てしまっては、寒さに風邪を引くかもしれない。梓子は、御簾から身を出すと、自身が一番上に着ている唐衣(からぎぬ)を掛けた。男女の仲の成立のような『衣の交換』をしたわけではないから、恥ずかしい行為ではないと思いたい。

それにしても、これが『輝く少将』と呼ばれる人。眼福なのか、目の毒なのか。寝顔をしばし見つめ、梓子は我知らずため息をついた。

少将本人が言ったように、彼にまとわりついている影の濃さが、この時間限りなく薄くなっている。こうなってようやく転寝(うたたね)ぐらいならできるのだろう。

「小侍従殿、あなたもお見送りにいらしたら？　うちの女御様に紹介するわよ。今回の写本の出来を褒めていらしたから、お声がかかるかもしれないわよ」

御簾の中から、ともに写本作業をした女房の声がする。御簾の中に戻りかけて思い直し、梓子は柱にもたれて眠る少将を几帳で囲った。

寝顔見学者が集まっては、落ち着いて眠れないだろう。普段まともに眠れていないそうだから、眠れるときは、できるだけ眠ってほしい。

御簾の中に戻った梓子は、声を掛けてくれた女房に、返答する。

「どうでしょうか。今回はかなり多くの方が参加されましたし、わたしの手跡など印象が埋もれているでしょうから。でも、お見送りには参加します。直接でなくとも、半年間、同じ宮中で働いていたわけですし」

お見送りの人数は多いほうが、旅の無事を祈る想いが、神仏に通じやすいとされているから、参加できるなら参加するほうがいい。機会があれば、丹波守の北の方から話を聞けるかもしれない。

「多かったのは、たしかね。装丁班を含めて総勢十五名ですものね。……ところで、少将様のアレ、なに？」

彼女は、御簾越しに見える几帳について聞いてきた。

「お疲れだったようで、少しお眠りになるとおっしゃっていましたので」

「几帳で厳重に囲って。なんか危険物扱いね」

くすくすと笑う女房に、梓子は頷いた。

「実際に危ないですよ、あの方は……」

夜明けの空気の中、あんなにも清らかに輝く人が世に存在するなんて、危険物以外の何物でもない。なにかに憑かれているにもかかわらず、だ。

どれほど短い間であろうと一度は俗世を離れようとした人というのは、常の人とは違う存在になるのだと強く感じて、そう言ったのだが、梓子は自身の発言が後宮でどういう方向に受け取られるのかわかっていなかった。梓子のこの発言で、以後、少将の様子を窺う女房たちがより遠くから彼を見ることになったのだった。

■ 四 ■

承香殿の母屋には、多くの女房たちが集まっていた。居並ぶ女房たちの最前、高麗縁に座っているのが承香殿を賜った王女御である。その前に、一人の女房が平伏していた。

「あちらの方が、丹波守様の北の方様ですか……？」

丹波守の北の方は、仕えた王女御から、例の写本とお言葉を賜っているようだ。

「ええ、あちらが椿殿よ。うちでは椿少納言の女房名で呼ばれていたわ。あら、もう私物はあらかた引き上げたかと思ったのに、あの袋……丁子大納言様からいただいた琵琶をお持ちになるのかしら？　京を離れるなら、お返しになるか、あるいはどなたかにお譲りになるんじゃないかと、皆で話していたのだけれど」

お見送りに声を掛けてくれた女房が密やかな声で教えてくれた。

「……丁子大納言様から賜った琵琶となると、お譲りするにしても相応の方でなければ難しいですよね。相手の数が限られている」

梓子は呟きながら、椿少納言と呼ばれた女房を見つめる。梓子の目には視えている。椿の身を繋ぎとめる、細く黒い紐状に伸びた煙。あれは、モノとの縁を示すものだ。

「例の琵琶の受け取り手がいなかったみたいよ」

前の列の承香殿の女房が小声でささやく。

「まあ、左遷された人の家にあったなんて、あまり縁起は良くないものね。丁子大納言様だって、返却されても困るでしょうし」

密やかに話す女房たちの間から、梓子は椿の傍らに置かれた大きな袋を見つめた。中身は本当に噂に聞く琵琶だろうか。椿をとりまくモノの縁がつなぐ先、おそらくあの袋の中だ。そうなると北の方が、夫の降格に加担したことになる。そんなことがありえるのだろうか。もし、そうであるならば、『一晩のはずが三日三晩経っていた』という怪異の事象にどんな意味があるのだろうか。夫を降格に至らせることの意味が、梓子には想像できない。

頭の中が疑問だらけになっていると、前列からまたひそひそと声が聞こえる。

「でも、椿殿は、下向することになって安堵していらっしゃるのでは？　丹波守様、最近熱心にお通いだった方を、京に残されるそうだから」

「えー、受領に落ちてもいいの？」

梓子は反論に同意した。

「丹波なら都に近いし、任地として上の上でしょう。遠い大宰府に飛ばされたとかじゃないし。だいたい、ものの数年で京官に復帰されるわよ。縁のある丁子大納言様は次期内大臣の最有力候補だもの。でも、京に残された妾のほうは、よほど手厚い保護がないと、次の男を通わせるよりないでしょうけど」

「たしかに。宮仕えや他家の女房、それぐらいしか家を持つ女が独り身でいられる道はないものね」

そうか、だからこその『かげろふの日記』か。夫に通う町女が居ても、書き手と夫の夫婦生活は、その後も長く続いていくから。

それにしても、正妻格になるのも妾として暮らすのも、楽ではなさそうだ。梓子は、勉強になります、と先輩女房たちに心の内で頭を下げた。

王女御からのお言葉が終わると、女房たちが椿を囲んで別れを惜しんでいる。

そんな母屋を抜け出し、まだ文机を片付けていない部屋に戻れば、誰もいない室内で、少将が自身を囲んでいた几帳を御簾の内側に入れているところだった。

「おや、君の答えは出たみたいだね？」

梓子に気づき、少将がこちらを見た。御簾も几帳もない状態で顔を合わせるのは初めてで、緊張から梓子はモノの存在を報告するよりも先に、別のことを口にしていた。

「お目覚めになりましたか？」

少将は、梓子の問いに微笑む。御簾越しに入る陽光が、端整なその顔立ちにやわらかさを加える。寝顔の三倍増しの清らかさを感じさせた。

「目を開けたら几帳に囲まれている上に、その隙間からたくさんの目が覗いていて、なかなかの怪談だったよ」

返答は、ちっとも清らかなものではなかった。

「それは申し訳ございません。……わたしの浅慮で怖い思いをされましたね」

「大丈夫。事が解決するなら、それで十分だよ。……答えが出たんでしょう？」

少将が最初の質問に戻る。梓子はこれに頷く。

「はい、少将様。……筆をはらって、怪異をひとつ消し去ってご覧に入れましょう」

昨日の典侍の言葉を借りて、梓子は筆をはらう動きを見せて、少将に微笑んだ。

■五■

承香殿を辞した椿は、内裏の北、朔平門に向かって歩いていた。女房装束から小袿姿になっている。その手には、供人に持たせることなく、琵琶を入れた袋を抱えていた。

「椿殿、お久しぶりです。本日がご出立との噂を聞きつけて、ご挨拶に伺いましたよ」

少将が椿の背に声を掛けると、彼女はゆっくりと振り返った。

「右近少将様……、なぜあなた様がこちらに？」

やや大股で椿に歩み寄った少将が、微笑んで椿に応じた。

「女房同士の口論の発端に巻き込まれた身としては反論しておきたいところだし、なにより、主上の勅ですから。……承香殿の女房たちを、小侍従殿にけしかけたのは、あなたでしょう？　モノが視えると噂の小侍従殿が、手元にあるものを視てしまう前に承香殿から追い出すのが目的だったというところかな？」

少将の問いには答えず、椿は琵琶袋を抱えたまま、口元を隠さずにクックッと喉を鳴らして笑う。

「相も変わらず、帝の犬でございますか」

「猫好きを公言する主上のおっしゃることには、犬は私だけでいいそうだ。主上の唯一の犬としては、忠義を尽くすよりないよ」

なんて怖い会話だろうか。ついでに、犬は少将だけとか、少将の言っていたとおり、主上の寵愛がかなり重い。

「あ、あの……椿少納言様、お初にお目にかかります、小侍従と称しております」

恐る恐る声を掛けると、椿が横目で梓子を睨んできた。

「……そう、あなたが。なにかしら？　『あやしの君』にお声がけいただくようなことに身に覚えがないのだけれど。それとも、まさか、そちらの少将様がおっしゃるように、私が承香殿の若い女房たちをけしかけたとでもお思いなのかしら？」

椿の言うことに首を振ってから、梓子は深く頭を下げた。

「写本を、部分的ですが担当いたしましたので、ご挨拶にお声がけいたしました」

言葉を区切り、頭を上げかけて、椿を仰ぐ。

「ですが……、その反応、むしろ違う件で、わたしがお声がけするとわかっていらしたのでは？」

沈黙する椿に、梓子は手を差し出した。

「椿殿、袋の中の琵琶、見せていただけますか？」

「ああ、ほしいのね？　ふふ、これがあれば、あなたでも誰かの妻になれるわよ」

それは、これを……袋の中の琵琶を使えば妻になれるということか。だとしたら、三日三晩の意味は、婚姻成立の三日夜ということか。

「椿殿。怪異は、それぞれの条件に合致した方にしか事象が生じないことがほとんどです。わたしでは、モノの条件には合わないでしょう。……わたし自身は、誰かの妻になりたいわけではない。そういう意味では、中身に用はないのです。ただ、仕事として必要なだけです」

梓子は、中身がどういう類のものなのかわかっていることを示し、真顔で返した。

「ぶれないね、小侍従殿は」

少将が言って、椿の手から琵琶の入った袋を取り上げようと手を伸ばす。

「やめて！　これを……ただの琵琶にしてしまうの？　どうしてよ？」

椿が少将の手を拒んで、袋をきつく抱きしめる。

「なるほど。椿殿は琵琶の効果をわかっていて、同じように夫の夜歩きに悩む方々に、それを貸し出したということか。……ですが、今後は、その狙いどおりには、いきませんよ。すでに怪異だとわかった以上、ほかのお二方に丹波守のような処分が下ることはありませんので。主上は、一人目である丹波守のことも頃合いを見て早々に帰京させるそうです。持っていても、もう意味がない」

武官だけに一刀両断の言葉で、椿の手から再度琵琶の袋を引きはがそうとして、袋に弾かれた。なにが起きたのかを確かめようとするも、椿は奪われまいと袋を抱きしめる。

「なにを言うの……？　早々に帰京させるなんて。それじゃあ、駄目なのよ。あの五条の女を殿に近づかせるものですか！」

彼女の抱える袋の中から音がした。袋の口は閉ざされたまま、誰も触れていないのに琵琶の弦が震える音がするのだ。

「……いっそのこと、殿が穢れに触れれば、ずっと屋敷に居てくださる？」

梓子の目には、椿の腕にある袋から漏れ出る薄墨色の靄が、椿の身体に広がろうとしているのが視える。このままでは、琵琶に宿ったモノが、椿という自分の意志で動かせる器を得てしまう。

「少将様、その物の怪引き寄せ体質を活かして、彼女に憑いているモノをご自身に寄せられますか？」

「危ないことを軽く言うね。それはどんな考えがあってのことだい？」

ありがたくも、少将は、策を頭から拒絶する人ではない。梓子は、椿のほうを見つめたままで、手早く少将に説明した。

「すごく簡単に言うと、椿殿とあのモノは相性が良すぎるのです。説得では彼女とモノを引き離すことが大変難しい。彼女自身に妄執に囚われていたい気持ちがあるようですから。だから、少将様に二者を引き離していただきたいのです」

「なるほど。私ならばそういう妄執とは無縁だから、体質一つで引き寄せたところで、そこから引きはがすのは、それほど苦ではないということか」

驚くほど理解が早い。梓子は、意図をわかってくれた喜びに声を大きくした。

「そのとおりです。仏門に入りかけ、常の人の情欲が枯れちゃっている少将様なら、あんな妄執に囚われることはありませんから！」

「……言いたいことは、色々あるけど終わってからにしよう。で、私に引き寄せたモノを引きはがして、どうすると？」

武官の本能か、本人の性格か。少将は、その背に梓子を庇うように立って、椿と対峙している。

「物の怪とは、姿形と名を持ったモノを言います。まだ、姿形と名を持たないまでも、場所や事物と結びついているモノは妖と呼ばれる段階です。妖は確たる姿形がなく、名もないために存在自体はまだまだ曖昧な状態で、徳の高い僧侶も陰陽師も名をもって下すことが出来ません。ですから、言の葉をもって、モノにこちらから仮の姿形と仮の名を与えます。……記録することで、ナニモノでもないモノを言葉の鎖で縛るんです」

言いながら、梓子は懐から古い筆と草紙を取り出した。

「それは、曖昧な存在ではなくなるから、君でも捕らえられるようになるということ？」

「そういうことです。亡き母が遺してくださったこの古い筆と草紙があれば、わたしでもモノを縛り、閉じ込めることができるのです」

筆と草紙を母がどのように使っていたのかは、乳母の大江から聞いている。モノを縛ることになるのを想定して、筆に墨を含ませてある。仮の姿、仮の名前も考えてきた。こちら側の準備はできている。

「少将様に引き寄せられたモノが、本当に新たな器を得てしまうまでのわずかな間が勝負です。さあ、一夜は真実一夜で終わらせましょう」

「うまくやってくれよ、小侍従殿」

それだけ言って、少将が梓子から一歩二歩と前に出て、椿に近づく。

モノを引き寄せてしまう体質というのは本当のようだ。

薄墨色の煙が椿から立ちのぼり、風に流されるように少将のほうへと向かっていく。モノにとって、椿よりも少将のほうが器としての魅力で勝ったようだ。

椿の身からモノが離れようとしている、この瞬間を梓子は待っていた。

筆を構え、言の葉に念じながら草紙の一枚に文字を綴りだす。

「嘆きつつ……、ひとり寝る夜の明くる間は……」

これは、写本していた『かげろふの日記』の中でも有名な和歌の上の句である。この下の句は『いかに久しきものとかは知る』と続く。

その内容は『あなたの通いを待ちわびて嘆き悲しみながら、ひとりで寝る。そういう夜の明けるまでの間がどれだけ長いか、あなたは知っているでしょうか。いや、知らないでしょう』というものだ。

椿は、妾のもとへ向かおうとする夫を、正式な婚姻が成立する三日三晩を自分と一緒に過ごさせることで、本妻が誰であるかを改めて示そうとしたのだ。その夫を留め置こうとする心に、銘のある琵琶が感応してモノとなるまで、どれほど嘆きながらひとり寝の夜を過ごしたことだろう。

草紙に綴った和歌が、薄墨色の鎖となってモノに絡みつく。この言の葉の鎖こそが、モノに姿形を与えるのである。

「……その名『あかずや』と称す！」

『あかずや』の名を草紙に記した途端、薄墨色の鎖はモノを搦め捕ったまま、草紙の中へと吸い込まれていった。

言の葉の鎖と名付けという二つの縛りによって、モノを草紙に閉じ込めたのだ。

大きな音を立てて、琵琶の入った袋が地面に落ちる。同時に椿の身体が傾いだ。

「小侍従殿、椿殿が！」

さすが物語から出てきた公達は違う。少将は、すかさず倒れる椿を抱き留めた。

「モノは、常の人の精気を奪うという噂があります。椿殿もモノに多少の精気を奪われたのかもしれません。……琵琶は複数の女性に貸し出されました。椿殿おひとりから精気を奪っていたわけではないでしょうから、しばらく物忌みで身体を休めれば、回復なさるかと」

梓子は説明しながら地面に落ちた袋の口を開けて中身を確かめた。琵琶は入っているが、そこに薄墨色の靄は視えない。梓子の目にそれが映らないのなら、この琵琶に宿っていたモノは、無事に琵琶から引きはがせたということだ。

「そうか、なら安心だね。……ちょうどいい、椿殿を朔平門まで迎えに来ていた家人が来る。椿殿は彼らに任せて、我々は去ることにしよう。誰かを呼んで琵琶も回収させよう。モノは抜けたようだけど、念の為、主上に献上したことにして、蔵にでも入れておくのがいいだろうね」

言いながら少将は周囲を見渡し、見つけた人を手招きする。

その少将の後ろ姿には、元から彼に憑いているなにかの気配だけが感じられた。琵琶のモノの残滓(ざんし)などは視えない。彼を器にされる前に回収できたのだ。

「そうですね。……ただ、ここを去るのに、いま少しお時間をいただけますか？」

梓子は仕事をやり遂げたことを確認し、安堵(あんど)からその場に座り込んでしまった。

「私も少しばかり時間をいただきたいね。目の前で起こったことだが、正直なにが起きたのやら、理解できなかった。ぜひとも、君がなにをしたのか、詳しい話を聞かせてもらいたいのだけれ……おや？　小侍従殿も、かなりきつそうだ。大丈夫かい？」

振り向いた少将が、座り込んでいる梓子を見て、手を差し伸べてくれる。

「正直申しますと、あまり大丈夫ではありません」

こんなところで見栄を張ってもしょうがないので、梓子は素直に現状を説明することにした。

「……わたし、恥ずかしながら和歌の才がございません。ですが、力ある言の葉でなければモノを縛ることはできないのです。そのため、和歌の才がある方の言の葉の力をお借りするよりないのですが、自身のものではない言の葉で歌徳を得るためには、言の葉に相応の念を込めねばならないのです」

歌徳とは、和歌を詠むこと、あるいは和歌を奉ずることで、神仏や人々の心を動かし、御利益を得ることだ。『古今和歌集』の仮名序にも「力も入れずして、天地を動かし、目に見えぬ鬼神をもあはれと思はせ」ることができるのが、和歌であると書かれている。

梓子のモノを縛る力の源は、和歌を詠み、文字として草紙に書くことによって得る歌徳を頼りとしているのだ。ただ、残念なことに梓子は和歌が苦手なのである。それ故に、本来なら『力も入れずして』済むことも、力いっぱい念を込めねばならず、その結果、憑かれていた側でもないのに精根尽きかける状態に陥る。

「精気をモノに奪われたわけではなく、自らの意志で使っただけなので、問題はございません。ただ、回復までには少しかかるかと」

「そうか。ならば、こうしようか」

少将が、梓子の手から琵琶の袋を取り上げ、適当にその辺に置くと、ひょいと梓子を横抱きにして立ち上がった。

「……え？」

なにが起きているかわからず、思わず間近の少将の顔と衣の袖が垂れた地面を目で往復する。

「ああ、おぶさるにも体力がいるだろうから、これが早いと思ってね。遠慮しなくていいから、大人しく運ばれなさい。……では、行こうか」

ぎゅっと抱き直されて、さらに顔が近くなる。

「えぇぇえ！」

叫ぶことしかできないままに運ばれていく梓子を目撃した話が、後宮の女性たちの悲鳴とともに語られることになった。

■　終　■

内裏の北門近くで、ちょっとした騒ぎがあってからほぼ一ヵ月が経った。

年が改まったこともあり、正月の宮中行事に追われる日々の中で、『あかずや』に関わる噂話は、新たな別の噂話の中に埋もれていった。

そんな世の移ろいやすさを憂う暇もなく、ただただ慌ただしく過ごしていた梓子は、なぜか、かの右近少将から後宮の凝華舎に呼び出された。

帝に侍る女性たちが住まう後宮は、内裏の北側にある七殿五舎から成っている。ここ後宮に数多の女御、更衣がいらしたのは、今は昔のこと。娘を入内させられる家が限られた昨今の後宮は、帝の妃も東宮の妃も片手で数えられる。歴代でも特に妃の少ない今上の帝におかれては、三年前に寵愛されていた中宮が崩御し、現在女御が三人いるだけだ。入内された順に、『右の女御』、あるいは賜った殿舎から『弘徽殿の女御』と呼ばれる右大臣家より入内された姫。次に、梓子が写本作業を手伝った承香殿の女御で、先々帝の末の内親王であった『王女御』と呼ばれている姫。最後に入内されたのが、ここ凝華舎を賜った『左の女御』、あるいは『梅壺の女御』と呼ばれている、左大臣家より入内された姫である。

「よくきてくれました。右近少将殿からあなたのお話は伺っていますよ」

左の女御が、御帳台の内側から梓子に言葉を掛けてくれた。

そう、少将からの梅壺への呼び出しは、左の女御への紹介だったのだ。急なことで、緊張するばかりの梓子を、少将が楽しそうに見る。

「解決に協力してくれた俸禄のようなものだよ。君が仕え先を探している話を写本作業中にしていただろう？　その中で、左の女御様の殿舎に……という話も出ていたのでね。本決まりになったら話そうと思っていたのだけれど、この際驚かしたくなって、今日の今日まで黙っていたんだ」

いたずら好きの子どもか。梓子は、内心で悪態をつき、頭を下げたままの姿勢を保っていた。それを御帳台の横に控えていた年配の女房が笑う。

「本当によくきてくださいました。字の美しさだけでなく、早く正確な筆記に長けていると聞いています。女御様の記録係となる者を探していたので、少将様のご紹介をありがたく思います。……わたくしは、女御様にお仕えする女房たちの統括役である萩野大納言と申します。慣例に従い、『萩野』と呼んでくださいな」

娘を入内させられる家が限られているということは、政の要職を占める氏に偏りがあるということも意味していた。位階が三位以上の公卿どころか、殿上人（基本五位以上、六位でも一部許されている役職もある）の七割が同じ氏であり、残り三割のうち、半数が賜姓皇族で、これもまた氏が偏っている。

かつては氏に近親者（だいたいは、父親。正妻格なら夫）の役職をつけて女房名としていた後宮も、同じ氏ばかりで氏をつけることに意味がなくなった。一時期は、近親者の役職だけを女房名としたこともあったが、出仕の時期や勤続年数によっては同じ女房名が生じてしまう混乱もあり、女房の主が雇用時に氏の代わりとなる個別名を付与し、個別名に近親者の役職をつけて、正式な女房名とすることになっていた。

「あなたは、本日より女房名を『藤袴少将』と改め、女御様にお仕えなさい」

萩野に言われ、梓子は左の女御に平伏した。

平伏したが、そのままの体勢で首を傾げる。個別の女房名を賜ることは、後宮において、特定の主を得たことの証であり、以後は、個別名で呼ばれることになる。だから、藤袴はわかる。萩野と藤袴とを並べて考えると、おそらく梅壺では、左の女御より秋の草花から選んだ女房名を賜ることになっているだろう。だが、その個別名の後ろが、なぜ『小侍従』ではなく『少将』なのか。

「あの……なぜ、藤袴……『少将』なんです？」

梓子は、萩野に尋ねた。

「そりゃあ、君が私の『北の方』だからだよ」

「はあ？　な、なぜ、わたしが少将様の『北の方』に？」

思わず叫んだその言葉が、宮中の隅々まで届くのに、半日とかからなかった。

『輝く少将』とあやしの君改め『モノめづる君』。噂のタネに事欠かない二人に、また新たな噂のタネが加わったのである。

弐話
つきかけ

■序■

内裏の北側には、後宮が置かれている。七殿五舎からなる帝の后妃の御在所である。

今上の帝には、三年前に崩御された『故中宮』のほかにも、三人の女御がいらっしゃって、それぞれに、弘徽殿を『右の女御』が、承香殿を『王女御』が、凝華舎を『左の女御』が賜っている。

このうち凝華舎、通称『梅壺』を賜っている左の女御は、左大臣家に大君（長女）として生まれ、裳着を済ませて早々に入内を果たした、後宮ではまだお若い女御である。

その左の女御に仕える機会を得て、梓子は驚きの声で改めて確認した。

「わたしが、左の女御様にお仕えを？」

右近少将が応じて微笑む。

「そうだよ。宮仕えを始めて半年、そろそろお仕えする方が決まっていてもいいと思ってね。承香殿で梅壺に興味があるみたいなことも言っていたでしょう？　だから、養父上にお願いして左の女御様に紹介してみたんだ」

紹介してみた……。梓子は頭を抱えた。右近少将は、左の女御の父、左大臣の猶子だ。

だから、梅壺の女房たちの雇い主である左大臣に、紹介可能だった。

経緯は理解した。怪異に関わる意図はなく、前回の件の報酬的意味合いだというなら、ありがたくお仕えしよう。ただ、一点どうしても引っ掛かることがある。

「ご紹介いただいたことは感謝しております。……ですが、藤袴『少将』とは、どういうことでしょうか？　今一度、お聞かせ願えますでしょうか？」

梓子の問いに、少将があからさまに視線を逸らした。

「……だって、ほら、左大臣家からの女御様に仕える女房となると、たしかな身元を保証する者が必要でしょう。でも、典侍様の縁者というだけでは、少々足りない。そうなると、紹介者として、責任を取って、私の北の方ということにすべきだと思ってね……」

責任を取って婚姻というのは、こういう状況で使う言葉でしたっけ。あまりに誰も指摘しないので、梓子は自分の認識が間違っているのか不安になってきた。特に少将の『北の方』発言に叫んだところにちょうどいらした左大臣は、満面の笑みで頷くばかりだ。出家騒動から帰京して以来、（噂では）数多の通う相手はいれども、正式な妻を持つことがなかった猶子の突然の報告に嬉しさを隠せないというところらしい。

「光影殿の北の方ならば、女御様に仕えてもらっても問題ないだろう。私としても心強い。聞けば、すでに典侍殿の下で宮中の様々な場所に赴き学んでいたそうだな。最初から後宮勤めではわからない部分も、すでにわかっている。これはますます心強い」

典侍の下で宮仕えした半年間が、なぜか少将の正妻となるための修業期間扱いにされている。ちろっと少将を見るが、視線だけでなく顔ごと背けられた。この左大臣の高すぎる期待値は、少将の計略によるものと見た。いったいどんな紹介をしてしまったのだろうか。あとから色々出てきそうで怖い。

とはいえ、女御と左大臣を前に、断るという選択肢は最初から許されていない。梓子は平伏し、受諾を示すと同時に、譲れぬ一点を願い出た。

「手の足りぬ場に赴き、雑用を重ねた身にございます。新参の女房として、心を改め、女御様にお仕えいたします。……ただ、一点だけお願いがございます」

「うむ、申してみよ」

梓子は、緊張したまま顔を上げた。

「……どうか『小侍従』の名を残していただきたいのです」

左大臣の横にいた少将が、わずかに眉を寄せた。だが、すぐに笑みを浮かべる。

「藤袴、理由を教えてくれるかな？」

個別名で呼ばれた。当たり前と言えば当たり前だが、ずっと『小侍従』と呼ばれていたので、ひどく違和感がある。それ以上に、この圧のある笑み。この瞬間、誰よりも怖いのは少将になった。

「み、宮仕えを始めて半年、自分で言うのもおかしな話でございますが、なにかと噂になりやすい身です。同時に『小侍従』であることで、既知の女房として、同じ宮仕えをする女房たちから声を掛けていただくことも多いのです」

　なにより、『小侍従』は、梓子の亡き母が宮仕えしていた頃の女房名である『侍従の君』から引き継いだ名だ。母の亡きあとの面倒を見てくれた乳母の大江と、その妹で内侍所の次官でもある典侍が決めてくれた女房名だった。できれば、失いたくはない。

　梓子は、いずれ典侍から聞いて、あるいは調べられることでわかるであろう自身の出自を説明して、女房名の重要性を訴えかけた。なにせ、ごく幼い頃に亡くなった梓子の母が、彼女自身を示すものとして遺してくれたものは、筆と草紙、女房名のみなのだ。

　今では誰かもわからぬ梓子の父が、母を強引に自身の持つ屋敷のひとつに囲ったものの、それが北の方に知られたことで、良くないことがあったらしい。母は父所有の屋敷を抜け出して自身の父（梓子にとっての母方の祖父）のもとへ逃げ込み、そこで梓子を生んだ。祖父の伝手で乳母となった大江が、母子をまとめて引き受けることで、北の方から隠してくれた。母は梓子が物心つく歳頃になったら、父のこと、引き継ぐ筆と草紙のことを話すと大江に語っていたそうだが、梓子が五つになるころに、突然亡くなってしまった。そのため、大江としても詳細不明のまま、梓子に話せること、渡せるものは筆と草紙とかつて短期間宮仕えした時に使っていた女房名だけだったのだ。

　これを聞いて一番に口を開いたのは、左の女御だった。

「大切な名であること、理解しました。よいでしょう。……貴女が最初に言ったように『小侍従』は、筆の速さと正確さで名を知られている女房です。その『小侍従』だからこそ梅壺に仕えることになったというのは、後宮の皆が納得するでしょうから。……よろしいですね、少将殿」

「さすが、女御様だ。それでいこうじゃないか。頼むぞ、藤袴『小侍従』よ」

とにかく忙しい左大臣は、梓子が梅壺に仕えることで話が決着したのを確認すると、すぐに次の仕事へと向かうために、足音荒く梅壺を出て行った。大柄な体格に相応の大きな声。飲水病（糖尿病）を患い、時には激しい発作に悩まされていると噂に聞いていたが、病による翳りを感じさせない、精力的に動かれる方のようだ。

そして、どれほど忙しくても、目の前にいるのがはるかに下位の者であったとしても、話をしっかりと聞いてくれる人でもあった。左大臣という地位は、容易く人に物事を強要できる立場にあるというのに、だ。

もう一人、最終的には必ず梓子の言葉に耳を傾けてくれる人がいる。

「少将様は、ご不満ですか？」

少将も梅壺を下がるため立ち上がったが、左大臣ほどは忙しいわけではないのか、見送る梓子の進みに合わせてゆっくりと南廂を出る。

「そうでもないよ。私は、君が梅壺の女房になれたらいいと思っていた。結果として、それは叶ったからね。まあ、私としても、少将殿より小侍従殿のほうが言い慣れた呼び名でもある」

渡殿で足を止めた少将は、別の殿舎に続く廊下を見つめ、小声で続けた。

「ただ、梅壺に仕えることは、色々なところから悪く言われるだろうなとも思ったんだ。

だから、君の後ろには私がいるのだと示すことで、少しはましになるかもと……。でも、君の母上の話を聞いて、私も女御様と同様に君は『小侍従』であるべきだと思ったよ。……父上のことや、母上の家のこと、少しでもわかるといいね」

少将は少将なりに考えて、藤袴少将にしようとしてくれたらしい。だが、梓子の話を聞いて、梓子が宮仕えを選んだ意味を理解してくれている。

「あ、ありがとうございます」

梓子は、勢いよく頭を下げて礼を言うと、少将を見上げた。

「……でも、私は少将様に『小侍従』と呼んでいただけたことが嬉しかったので、できれば、少将様には『藤袴』でなく、これまでどおり小侍従とお呼びいただけたら……」

梓子の訴えかけに、少将は少し驚いた顔で梓子のほうを見た。

「小侍従、君……」

「なにせ『あやしの君』や『筆速が鬼』と言われるばかりで。これに、最近は『モノめづる君』が加わりましたから。『小侍従』と呼ばれるときは、たいてい悪い話がついて回るという状況です。おそらく、後宮で第一声からまともに呼んでくれていたのは、少将様か典侍様かだけという……」

心の底からの嘆きを口にしたつもりだったが、少将は真顔で返した。

「……ああ、そういう理由。いいよ、私で良ければ、何度だって『小侍従』と呼んであげるよ。それでいいよね、小侍従？」

なぜか、小侍従のあとについていた『殿』がなくなった。おまけに、手にしている檜扇(ひおうぎ)を広げても隠し切れないほどの大きなため息をついて、遠くを見ていた。

心なしか、少将の歩調が速くなっている気がして、梓子は慌てた。

「少将様……、あの……」

少将を追おうとした梓子の背に声がかかる。

「藤袴、女御様のお召しですよ」

梅壺の女房を統括する萩野が梓子を呼んでいた。

「お召しが。少将様、あ、あの……」

すぐに行かなければと思うも、梓子は少将の衣の袖(そで)をわずかに引いた。

「うん？」

少将が少しだけ身を屈(かが)める。近くなった少将の耳に、梓子は梅壺に引っ張られてきてからずっと言おうと思っていた言葉をささやいた。

「梅壺へのお口添え、ありがとうございました」

拗(す)ねたような少将の表情がほころぶ。小さく上がった口角に、色気を過分なまでに含んだ笑みが浮かぶ。

「喜んでもらえたなら、良かった。でも、これは小侍従の活躍に対する正当な報酬だよ。だから、今回のことで周囲になにを言われても、堂々と左の女御様にお仕えしていいんだよ。……がんばって」

少将もまた、ささやくように返してくれた。噂好きの宮中の耳目には届かぬよう、お互いに目の前の相手にだけ届く声で言葉を交わした。

「はい。……それでは、少将様、失礼いたします」

挨拶ばかりは、周囲にもそれと聞こえる声で言ってから、梓子は左の女御のいる母屋へと戻っていった。

■　一　■

左の女御は、二藍の小袿姿で高麗縁に座していた。その斜め前に控えているのは、先ほど梓子に声を掛けた梅壺の女房たちの統括役である萩野だった。

その萩野が、笑顔で梓子のほうを見た。

「貴女にお願いする記録係は、この梅壺にとって大変重要な役割を担っています」

その『大変重要な役割』とは、いったいなんだろうか。もしや、記録係とは表向きの言い方で、本当は何か後宮だから通じるような裏の意味を持つ役目だったのだろうか。だから、少将も梅壺に入るまで黙っていたとか……。

「おやめなさい、萩野。『小侍従』が怯えています。……大丈夫よ、小侍従。貴女の役目は、わたくしから説明します。もし、難しいと感じたなら、藤袴を返上することもできるから安心してちょうだい」

女御が、ガチガチに固まった梓子を宥めるように声を掛ける。明瞭な発音、言葉遣いの端々に凛とした強さを感じる。『あかずや』の件で、承香殿の王女御が話すのを耳にしたが、先々帝の内親王という出自のせいか、とても緩やかに話す方で、言葉遣いもやんわりとしていた。同じ女御でも、左の女御は漢詩、王女御は和歌ぐらいに印象が異なる。

なにより、梓子を驚かせたのは、女御が一介の女房に決定権を委ねるということだ。左大臣もそうだが、左の女御も下位の者になにかを強制する人ではないようだ。宮仕え経験わずか半年の梓子でも、それが少数派であることを知っている。

梓子は、説明を請うように平伏した。

「小侍従。貴女にお願いしたいのは、記録係の名のとおり『記録を残すこと』です。わたくしと、わたくしの周辺の——より正確には、この梅壺に出入りする全ての者の言動、ここで起きる出来事を事細かに記録してほしいのです」

記録係は、その名前のままの意味で記録係だったようだ。それならば、萩野が言うほど人材探しに困ることもないのではないか。多少記録する範囲が広い気もするが、それでも複数の女房を雇えばすむ話だ。

「そのようなこと、と思うかもしれませんね。ですが、この後宮を生き抜くのには、世の殿方が書く日記に等しい『記録』が必要なのです」

梓子は、先日、仕事で『かげろふの日記』を写本した。女の残す日記は、男のそれと違う。男の日記とは私事の記録というより家の記録である。日常の所感よりも、公的な場でなにがあったか、誰がどのような立場にあり、どんな発言をしたのか。自身が誰を訪ね、その用件は何だったのか、相手はどう応じたか。逆に自分を訪ねてきた客人が誰か、その用向きはなにか、自分はどう対応したのか。そういった内容を記録しておくことに重きを置いて具注暦に記載するものだ。子孫が公事行事、家の対応等の先例として参照するために残す記録文書なのである。

「小侍従、細かな記録が必要なのは、この後宮で足を掬われないためです」

左の女御は、梓子の目を見据えて、そう告げた。

「ここは、本当に気が抜けない場所です。なかでも怪異や呪術の類には、慎重な対応を要します。無関係であることを証明する手立てが少ないから、いつなにが起きても、過去に遡って言動を問われた際に、提出できる記録が不可欠なのです」

これはこれで、後宮だけで通じる裏の意味での記録係と言えるかもしれない。事実、左大臣の長兄、前関白の正妻格の家は、呪詛を仕掛けた疑いにより失脚した。これは、疑いを掛けられたその時に、確実に罪を犯してはいないと言い切れる記録がなかったからだと聞いている。

「我が朝の歴史を見るに、冤罪によって地位ある者が都を追われることが幾度もありました。そこに罪がなくても罪が生じるのが、政の場というもの。直接は政に関わることのない女の身ではありますが、できることがあるとしたら、それは細やかな記録によって、冤罪を生ませないことです。特に呪詛を仕掛けたか否かという、噂が先行しがちで、罪なきことを証明しにくいものほど、記録が重要になってくるでしょう」

左の女御も梓子と同じ事件を思い浮かべて話しているようだ。

「後宮では、女御から下臈の女房にいたるまで、誰もが家を背負っています。わずかな油断が、多くの者を不幸にするかもしれないのです。……この梅壺の者たちを守ることは、わたくしの責務です。同時に、梅壺に関わるほかの殿舎の方々をも守る一助となれば、そう思っております」

梅壺に仕える者を含むだけでも範囲が広かったが、さらに広くなった。だが、できる範囲とはいえ、ほかの殿舎も守ろうとする強い覚悟を示す姿は美しく、この女御にお仕えしたいという気持ちにさせる。それが顔に出ていたのだろう、萩野が表情を緩ませ、梓子を見ていた。

「ことがことなので、明らかに誰かの政治的意図を背負っている者では、記述が歪められる可能性も高く、容易に採用を決められませんでした。信用できる者を求めていましたが、文章量があるので、早く正確な筆記ができるという条件も外せなかったのですよ。……ようやく一人確保できたのです、逃がすわけにいくまいと、ついつい目に力が入ってしまいました」

萩野の先ほどの強い視線は、逃がすまいと圧を掛けていたことによるものらしい。

「小侍従、わたくしは、貴女の働きに期待してもいいかしら？」

左の女御が、梓子の決定を問う。最初の言葉どおり、決定権を梓子に委ねてくれた。

「ぜひとも藤袴の名を賜りたく存じます」

梓子は恭しく首を垂れた。

「嬉しいわ。改めてよろしくね、藤袴」

梅壺に仕える者になったということだろうか、左の女御の声にも親しみが加わる。そこでさらに仕事の詳細を伺おうとした梓子の背後で、衣擦れの音が近づいてきた。

「失礼いたします。急ぎ、女御様のお耳に入れたいことが……おやおや」

勢いよく御簾を上げて女房が一人、左の女御の御前に入ってきた。萩野の許可を取るでもなく女房が入ってきたことに驚き、背後を振り返った梓子だったが、相手のほうも梓子の顔を見て驚いた顔をしていた。

「……これはこれは、どなたかと思えば、内侍所の小侍従殿ではないですか。もしや、梅壺に来ていただけることになったのでしょうか？　それは、大変ありがたいこと」

その女房は、梓子の顔を見て微笑んだ。

よくよく彼女の顔を見て、梓子はようやく思い当たった。

「貴女は、承香殿での『かげろふの日記』写本をご一緒した……」

承香殿での写本作業の時に、途中で増員された二人の女房のうちの一人だった。誰かが宰相の君と呼んでいた気もする。承香殿の女房たちに怪異の犯人扱いされた時に、最初に反論してくれた女房である。宰相の女房名に相応しく、姿形に華やかさがあり、振舞いには優雅さや静けさより勢いがある。印象的な女性だ。

「あらあら、覚えていてくれたんですね、うれしいです。梅壺では柏宰相の名を賜っています。どうぞ、『柏』と呼んでくださいね、『藤袴』殿」

どうやら記録係として入ってくる女房は、藤袴になると決まっていたらしい。

「よろしくお願いいたします、柏殿」

「ええ、こちらこそ。……ではでは、さっそくですが、藤袴殿に書き留めていただきたい噂話がございます」

承香殿での写本作業と同じかそれ以上に前置きなく仕事開始となりそうだ。

「ああ、ちょうどいいですね。柏、藤袴を用意した局に案内してあげてちょうだい。記録の仕事のための硯箱や紙の用意もありますから」

「かしこまりました、萩野様。……では、お伝えいたしたき件、後ほど藤袴殿より、ということで――」

御前を下がり、柏に連れられて入った局には、萩野が言っていたとおり、記録の仕事に必要なものがそろっていた。文机はもちろん、螺鈿が美しい硯箱の中には、かの弘法大師が当時の帝に献上したと聞くたぬき毛の筆をはじめ、いい筆が並んでいる。硯や墨も見てわかるほどの一級品だ。唐紙、みちのく紙といった高級紙から懐紙に使う雁皮紙、反古紙を漉きなおした宿紙など様々な種類の紙も用意されていた。薄様は季節に合わせた配色ができるように色数も多く、模様紙も数種類ある。

「こ、ここは、この世の極楽……」

思わず呟いていた梓子を柏が笑う。

「おやおや、藤袴殿は書物だけでなく、文房の類にも目がないと見える。これは、少将様もお喜びになるでしょう」

柏が楽しそうに言いながら、ほかの調度品を一通り確認していく。

「なぜ、少将様が？」

いくつか置かれた唐櫃や、二階厨子の扉の中より、どうにもそれが気になって、柏に問いかけたが、彼女はますます楽しそうに笑みを深めるも、教えてくれなかった。

「さあ？　仔細は、ぜひともご本人に。さてさて、お仕事の話をいたしましょう」

言われて梓子は、仕事に意識を切り替える。

「そうでした。あの、急ぎ記録する必要がある噂話というのは？」

「おお、驚きの速さで、文机に紙と硯が置かれて。さすが小侍従殿、陰陽師のように式神が使えると噂されるだけのことはありますね」

噂は噂。梓子に式神は使えない。これはあくまで人の身でなせる鍛錬の賜物である。なにせ、宮中は慢性的な人手不足。特定の主を持たない使い勝手のいい女房は、日々仕事が舞い込み、典侍の采配で現場に派遣されるという激務だった。いつでも、短時間で、

心機一転、新たに与えられた仕事を始められるようでなければならなかったのだ。

「噂ですが、後宮に骸骨が出る……らしいですよ」

それはもう、僧侶か陰陽師のような専門家のところに行ってほしい。梓子は、思わず筆を止めてしまった。

「あ、言いたいことは、なんとなくわかります。でも、まずは『梅壺では、これを噂として聞いている』という記録を残していただきたく」

顔に出ていたらしい。梓子は姿勢を正し、再度筆を構えた。

「女御様がおっしゃっていた、冤罪を生ませないための記録ですね」

柏は微笑むと、梓子の文机の前に腰を下ろし、小声で続けた。

「そういうことで、合っていますよ、藤袴殿。私の梅壺での役割は情報収集です。後宮のほかの殿舎はもちろん、宮中や宮中の外の話をとにかくたくさん集めてきます。ただし、私は考えて話を集めてくることはしません。何が後から重要なことになるかはわからないので。……ですから、私が聞いてきたことは、すべて藤袴殿にお伝えしますね」

思い返せば、柏は写本作業の休憩時に、なにか目が覚める話がないかほかの女房たちに尋ねていた。なるほど、あれもその情報収集の一環だったわけだ。

「それは、わたしも『何が後から重要なことになるかはわからない』から、とにかくすべて書くということですね？」

頷いた柏が、さらに声を潜めた。

「先日の写本作業で、承香殿の女房方とも気軽に声を掛け合う仲になりました。あの手の急を要する作業は、共にやり遂げた感覚が生まれるので、ちょっと局を訪ねて話をする仲に発展しやすいんです。王女御様は先々帝の末の内親王様ですから家が絡まないので、中立の情報が集まりやすいのですよ。伝手ができてなによりでした」

あの写本作業で手伝いに入った時の柏の目的は、承香殿の誰かから話を聞ける仲になることだったようだ。

「……その承香殿から聞いた話ですが、双六勝負を仕掛けてくる骸骨が出たそうですよ」

双六は、盤上に並べた白黒の駒で陣地争いをすることを基本とした遊戯である。梓子が知っているものは、二つの賽子を筒に入れて振り、出た目の分だけ自分の駒を進め、決められた場所に自分の駒をすべて移動させれば勝ちという形式のものだ。

「かなり昔の話ですが、どなたかが、羅生門だか朱雀門だかの鬼と双六を打つ話がありましたね」

怪異話において、賭け事を仕掛けてくるのは、ある種の定番だ。

「その話を知る誰かが、なにか目的があってその話を利用しているのか。あるいは、昔の話と同じモノか。だとしたら、そうとう強いと思われますが……」

そうなると、やはり専門家にお願いすべきではないだろうか。

「柏殿、梅壺に関わるほかの殿舎の出来事も記録するということは、今後もこの件が続くのであれば、継続的に記録していかなければならないということですよね？　……そうなると、もしや、この件を記録するのであれば、遡って記録する必要も生じてくるのでしょうか？」

柏の話を記録文書に整えて書き終えた梓子は、筆を置いてから、『すべて書く』の範疇（はんちゅう）について考えてみた。そんな梓子に対して柏は、大きく頷いてから、腰を上げた。

「さすが、藤袴殿。記録係の職掌をよくご理解いただいているようで助かります。写本作業の時もチラッと話に出ましたが、梅壺は一芸持ちの集まりです。それぞれの得意を活かして女御様にお仕えしています。……今回のような件は、藤袴殿に記録していただくことで、女御様の御考えに沿った記録になるものと考えております。ですから、この件に関しては『モノめづる君』にして『早く正確な筆』で知られる藤袴殿に、お任せいたしますね」

柏は満足した顔でそのまま身を翻して文机の前を退くと、再び話を集めに行くと宣言して、ささっと梓子の局を出て行く。

「……それ、もう一芸の範疇じゃないですよ。どれだけ膨大な記録をとれと……」

局で一人、愕然（がくぜん）として呟き、梓子はそのまま文机に突っ伏した。

■ 二 ■

典侍がつけた新たな別称で、モノと関わることが得意分野に認定されてしまったことへの文句と、梅壺で採用されたことを報告するため、梓子は内侍所の典侍を訪ねた。

「まあ、左の女御様にお仕えを！……少将殿が『小侍従殿のことは任せてほしい』とおっしゃっていたので、てっきり二条あたりにお持ちと噂の御屋敷にお迎えいただけるのかと思い込んでおりました。なんという早とちりを。恥ずかしいかぎりです」

紹介者責任で、その思い込みどおりになりそうだったことは、典侍には黙っておくことにしよう、梓子は心中に誓った。そのあたりの話を深掘りされる前に、例の双六勝負を仕掛けてくる骸骨の話を記録するにあたって、宮中のことならほぼ知らないことはないと言われている典侍に、梨壺、承香殿以外でも骸骨が出た話を知っているかを尋ねてみた。

「存じておりますよ。梨壺、承香殿とたしかに続いています。ただ、いずれも大事には至っていませんので、対処はしておりません。話をお聞きになりたいのでしたら、直近の報告にあった者をこちらに呼びましょうか」

典侍は、局の外に控えている者に声を掛けると、指示を出してから戻ってきた。

「承香殿の者ですので、そう時間はかからないでしょう」

あっさりと遭遇者から話を聞けることになった。梓子は、思わず典侍のほうに膝を寄せた。

「さすがは典侍様。宮中の怪異発生も細かに把握していらっしゃるとは！」

だが、典侍は梓子から視線を逸らすと、気まずそうに小声で言った。

「そこは……小侍従殿をその手の噂の少ない仕事場に送り出したかったので、常に情報把握に努めるようになったという話でございまして……」

宮仕えの女房を采配するのは、典侍の職掌ではある。柏に一芸扱いされたような梓子の『モノめづる君』の側面は、仕事に送り出された先で騒動の原因になりやすい。送り出す側の典侍が適材適所であるかを見極めるために情報集めをするのは、おかしなことではない。ただ、そこには私情もあるのだろう。典侍は梓子の乳母である大江の妹だ。そのせいか、時折、自身も乳母であるかのような過保護な面を覗かせるのだ。

「お心遣いありがとうございます」

梓子は、典侍に感謝の意を示した。

典侍は目元を潤ませたが、仕事の時間内であることを思い出し、表情を引き締めた。

「……ま、まあ、時に怪異を怠惰の言い訳に使う者もありますから、今後も宮中の怪異発生の報告は心に留めておきましょう。……それにいたしましても、今回の怪異、どこかで聞き覚えが……」

梓子が生まれた頃には、すでに宮仕えをはじめていた典侍である。二十年を超える記憶の中には、怪異騒ぎの十や二十は耳にしているだろう。なにせ、宮中は怪異話にあふれているし、似たような話も多いはずだ。

「こちらに伺う前に少し調べましたところ、百年ほど前にも同じ怪異と思われる記録がありました。ただ、その頃は、もっと姿形が曖昧で骸骨の姿ではなかったようですが」

物の怪の姿形は、遭遇した側の知識や心の持ちようで、ある程度変わる。枯れ尾花が、ただの枯れ尾花に見えるか、恨めしげな幽霊に見えるかは、見た者しだいだからだ。

「……そういうことであれば、間違いないでしょう。かつて、貴女様の御母上が、この怪異に遭われたという話を姉より聞かされたことがございます。骸骨だったという話ではなかったので、同じモノとは考えておりませんでしたが、双六勝負を持ちかけられるという事象だけで考えると同じ怪異だと思われます」

単純に宮中で怪異の話を聞いたということではなかった。

「母上が？……遭遇なさったのに、なぜ縛らなかったのでしょう。手元に筆や草紙がない時だったのでしょうか」

梓子のモノを視る目は、母方の血筋によるものだった。物心つく前に亡くなったため、この能力の詳細を聞かされていない。遺されたのは、母が使っていた草紙と筆のみ。どう使っていたかは、乳母の大江から繰り返し聞かされてきた話の中でしか知らない。

「なんでも、相手より運が強くて縛れなかったとか」

「え？『運が強くて』縛れなかったのですか？『運が弱くて』ではなく？」

「ええ、姉はそのように申しておりました。たしかに、気になりますね。……美濃に居る姉に、仔細を尋ねる手紙を出しましょうか？」

美濃は都から遠いわけではないが、すごく近いわけでもない。手紙を送って、返信を待つというのは、このところ続いているというモノの出現頻度から考えて、得策ではないだろう。

「大江も母上から多くを聞いているわけではないでしょう。運の問題で縛れなかったということはわかりました。それで十分です、典侍様」

梓子は、すでに左の女御に仕える女房となった。そうなった以上、今後も典侍に頼りきりというわけにはいかない。

「お役に立てたようで良かったです。……貴女様も、運のお強い方なので問題ないと思いますが、お気を付け下さいまし」

それでいくと、自分も縛れない可能性があるのでは？　微笑む典侍に、梓子は心中でそんなことを考えていた。そこに曹司の外から声がかかる。

「ああ、呼んだ者が来ましたね。では、私は下がりますね」

そう言って離れた典侍と入れ替わりに、一人の女房が曹司に入ってきた。

美人だ。入ってきた女房を見て、梓子は第一印象でそう思った。女同士であり、違う女御に仕える身にしても同じ女房同士。几帳を隔てることなく向かい合うわけだが、曹司に入ってから、梓子の目の前に腰を下ろすまでの、どの所作も優雅なのだ。梓子は、つい見惚れてしまう。

「あら、小侍従殿。……違ったわ、今日からは藤袴殿でしたね。わたくしのことは、楓とお呼びくださいまし。先日は、うちの姫様と同僚がお世話になりましたね。これで恩を返せるというものでもないですけれど、わたくしでお役に立てるのでしたら、どうぞ、気になったことは、なんでもお聞きください」

楓は呼ばれた理由を聞いているようで、すぐに一昨日の夜の出来事を語ってくれた。

「わたくしの局(つぼね)で、同僚の女房と少しばかり双六(すごろく)に興じましたが、姫様が同僚をお召しになったので、双六盤をそのままにして、文の返歌を書いておりましたの。しばらくして、灯(とも)していた灯台の火が、急に消えてしまって、局の中は歌題として招き入れた月明かりだけになったのです。そこに、あの骸骨(がいこつ)が……」

梓子は、典侍に用意してもらった文机(ふづくえ)に持参した紙を置き、楓の話の詳細も漏らすことなく筆を走らせた。柏に言われたように、記録することに徹し、言葉を挟むことなく、私情を交えることなく、ただただ筆を紙に走らせた。

気魄(きはく)のせいだろうか、ようやく筆を置いた時、楓もまた緊張から解放されたように息を吐きだした。

「……いかがでしょう、藤袴殿。このたびの怪異は、解決できそうですか？」

問われた梓子は、ちいさく唸(うな)った。

まず、噂になっている程度に出没している骸骨だが、典侍の話では、承香殿の前には梨壺にも現れている。これは、場所に縁があるモノではない可能性が高く、次も承香殿に現れるかどうかはわからないという話になる。

では、場所でなく物に結びついているかと言えば、双六盤は以前から楓の局に置いてあったもので、梨壺の双六盤とは別物である。こうなると、特定の双六盤があれば、現れてくれるという話でもなさそうだ。

「楓殿のお話を伺って思ったのは、まずどうにかして遭遇せねば、どうにもできそうにないモノだということですね。そうなると、次は遭遇するための条件を探すことになるのではないかと」

梓子がモノを縛るには、母が遺した草紙と筆が手元にある時でなければならない。さらに、歌徳の力を借りるための和歌、モノに与える姿形と名前の準備も必要になる。どれか一つでも欠けたら、それだけでモノを縛れなくなるのだ。

「仏僧でも陰陽師でもない身ですので、モノを呼び寄せるとかはできないんです……」

梓子のやり方は、完全にモノの出待ち専門なのである。

「モノが出る条件が知りたい……ということですわね。あっ！　たしか、今宵は月の夜だから云々と申しておりました。月明かりが印象的な夜でしたし、月のある夜というのは条件の一つなのかもしれません」

条件を口にしたというより、口説き文句に聞こえるのは自分だけだろうか。梓子は、条件候補として一応心に留めておくことにした。

「楓殿、なにか脅し文句のようなことは言っていませんでしたか？　定番ですと『おまえが勝ったらなになにをやるから勝負しろ』、あるいは逆に『おまえが負けたら、なになにをもらっていくぞ』といった、勝敗の報酬の話なのですが」

勝負を挑んでくるモノは、勝敗結果によって事物のやり取りを望むことが多い。最悪の場合は、勝負を挑まれた側の命だ。

「負けたらどうなるかですか。……ああ、あの骸骨は『自分が勝ったら、その身体を器にさせてもらう』とか言っておりました」

最悪の場合だった。身体を奪われたら、実質命を奪われるのと同義ではないか。

「そうですか。亡霊の目的は肉体を得る……つまり、現世への蘇りということですかね」

モノが姿形を得るのは、物の怪として長く現世に留まるために大切なことらしい。すでに骸骨という姿形を得ているが、今回のモノにとって、骸骨姿というのは最終形ではないのだろう。

ふと、少将に憑いているあの黒い靄は、なにが目的で少将に憑いているのだろうか、という疑問が浮かんだ。

「藤袴殿？」

楓の声で梓子は我に返る。仕事中に、ここには居ない人のことを考えるとは……。

「何でもありません。……楓殿が身体を奪われることがなくて良かったです」

「そのことで、気になっているのですが……。骸骨とはいえ、あの声はどう考えても殿方のものだと思うのです。それなのに、女の身体を器にするの、平気なのでしょうか？」

楓の身体が、どこかしゃがれた男声を発するところを想像してしまった。

「それだけ、楓殿が魅力的だったということだと思います。そういう場合は、また狙われる可能性もありますから、しばらく双六はお控えになって、局も専門の者に祓いをお願いしたほうが……」

梓子の提案に、楓が明るい声を返した。

「大丈夫ですよ、藤袴殿」

楓は双六の腕前に自信があるのだろうか。そう思った梓子だったが、続く楓の言葉に、呆然(ぼうぜん)となった。

「あの骸骨、とてつもなく双六が弱いのです。何度出てきて勝負を挑まれても、負ける気がしませんわ」

相手より強いのではなく、相手が弱いらしい。

「……そんなに弱いんですか？」

「ええ、もうびっくりするほど。あれはきっと、あまりにも勝てないから亡霊になったのではないかしら」

勝負に勝てない妄執からモノになる。そんな未練の残し方があるのだろうか。あげく、弱いとか。いや、だから、百年前にも記録があるのに、いまもって骸骨のままなのかもしれない。だが、そうなると非常に厄介だ。梓子は、唸った。

「それって、勝つまでは、この世に留(とど)まりつづけるということですよね。かといって、勝たせたら、身体を奪われる……という」

指摘した梓子に、楓の笑う声が止まる。静まり返った局で、互いを見合うこと、しばし。楓が、言いにくそうに梓子に確認してきた。

「あら。……そうなると、藤袴殿、もしや手詰まりなのでは？」

もしかしなくても、手詰まりです。梓子は、楓に無言の笑みを返した。

「弱い打ち手相手に手詰まりとは情けない限りです。わたしとしても、出目の良さに期待したいところですね」

それで、話を終わりとしようと筆を置いたところで、楓が広げた扇で口元を隠しながら問うてきた。

「いろんな噂が飛び交っておりますけど、結局のところ少将様とは、どのようなことになっていらっしゃるの？」

さっき急に頭に浮かんだ人物との話だった。

「う、噂は噂にございます。それでは！」

勢いで楓を煙に巻くと、文机の上のものをまとめて抱え、典侍の曹司を飛び出した。書くための用意を整えるのも早いが、それを引き上げるのも早いのが、梓子自身が思うところの己の一芸である。

■　三　■

夕刻、少将が梅壺の梓子の局を訪ねてきた。本日は宿直ではないから内裏を下がる前に様子を見に来たという。紹介者責任の一環だろうか。まめやかな方だ。

「やあ、小侍従。局は快適？　足りないものはないかい？」

聞けば、梓子の局の調度品一式を用意してくれたのは、少将なのだという。柏が言っていたことの意味がようやくわかった。これも紹介者責任の一環なのだろうか。

「お心遣いありがとうございます。筆や硯の趣味も大変すばらしいです」

「心遣いかぁ……まあ、気に入ってくれて良かったよ。それで、梅壺での一日目は、どうだった？」

これまで同様に御簾を隔てての問いかけに、梓子は御簾の端近まで膝行してから、平伏した。

「え？　なに、どうしたの？」

「それが……、柏殿から最近噂のモノの話を伺いまして、それについて調べていたので、ほとんど梅壺には居なかったんです」

内侍所から逃げ出したあと、梨壺にも話を聞きに行った。ほかの殿舎も回り、それぞれの殿舎で出た出ないを確定させてから梅壺に戻ってきたところで、記録係を拝命した初日から主の近くを離れていたことに気づき、左の女御の御前に平伏した。

「ただ、女御様としても、怪異が発生しているときは、その記録に力を入れてほしいとのことでした。日常の記録は萩野様でも代われるが、この方面はわたしでなければ記録できないことが多いから、と。そうおっしゃってくださったのですが、お忙しい萩野様にご負担をおかけしてしまったわけで……。一日目から梅壺の記録係失格です」

梅壺に紹介してくれた少将にも申し訳なく、顔を上げられない。

「左の女御様がそうおっしゃったのなら、本当に大丈夫だよ、小侍従。それに、左の女御様は殿舎を出ることがほとんどない方だ。だから、梅壺に人が訪ねてくる予定がなければ、記録を取るようなことも、さほどなかったと思うよ」

少将は手にしていた檜扇を広げると、その裏で小さく笑う。

「なにより、その萩野殿が君を連れ戻しに来なかったことが、殿舎の外にいても大丈夫だという証拠だよ」

少将によれば、柏が後宮のどこに居ても、必要な時には萩野がすぐに回収してくるのだという。

「……で、柏殿が君に話したという怪異の噂のほうは、どうなったの？」

楓から聞いた話を中心に、骸骨が双六の勝負を挑んでくる話をすると、御簾の向こう側で少将が手にした檜扇を閉じて唸る。

「ん〜。場所が梨壺や承香殿に固定されているわけじゃないのなら、ここで双六盤を出して待っていればいいということかな？」

梓子は御簾の向こうに、強く言った。

「良くないですよ。場所が固定されていないのは大問題です。相手は『双六の勝負の場』を条件にして現れるモノのようですから、この条件が成立するかぎり、いつでもどこでも出現の可能性があるということになってしまいます！」

モノの出待ち専門である梓子としては、こちらの都合で遭遇の機会を作れないのが、かなりの痛手なのだ。一昨日の夜、それなりに広い宮中で、楓の局だけがたまたま双六盤を出していたとは思えない。もう一つか二つ、月夜だけではない条件があるはずだ。

「問題は遭遇だけではないんです。今回のモノは、特定の双六盤に宿っているというわけでもないので、前回の琵琶のように、モノを引きはがして縛るという手は使えないと思われます。この手の怪異でよくある、勝ったら負けた相手の身体を乗っ取ることがあるのなら、骸骨という器らしい器を持っていない状態から、手に入れた器へ入るその瞬間が唯一の機会です。ただ、これを狙うにしても大きな問題がありまして……」

少将が扇の裏でくすくすと笑う。

「さっきから問題しかないね。……骸骨との双六勝負に勝つのは難しいから、器を移る瞬間を狙うのも難しいとか？」

「いえ、それがですね……この骸骨は、かなり弱い打ち手らしく、どうやっても勝ってくれない可能性があるのです。遡ること百年前にはすでに現れていたと思われる記録がありますから、おそらく……」

笑えない話であることに、やっと気づいてくれたようだ。彼はため息とともに、梓子に問いかけてきた。

「それって、最低でも百年間、その骸骨は負け続けているということだよね？」

「そういうことになるかと」

肯定したことで、よりいっそう疲れを感じたのか、少将が近くの柱に背を預ける。

「百年負け続けていても、なお勝負を挑むのか。……諦めが悪いね」

厭世的で、諦念の具現者である少将らしいお言葉だった。

「実は何度か諦めて、でもやっぱり……で再び出てくる、を繰り返しているのかもしれませんよ」

なぜか梓子が骸骨を擁護する言葉を口にしてしまった。日々多方面に足掻いてきた梓子としては『諦めが悪い』の一言で断じてほしくない。

「人はそれを諦めが悪いと言うんだよ」

冷たい声に、早くも梓子の心は諦めかけてきた。

「……ですが、いま諦められると、縛る機会が失われてしまいます。わたしとしては、ここはモノに足掻いていただきたいですね」

自身を奮い立たせるためにも、梓子は反論を続けた。モノと遭遇するには、ここはどうしても骸骨に諦められては困るのだ。

「そうか、君が居ない場に現れても対処できないものね。……月夜が続いているうちに、どうにかしたいところではあるね」

御簾の向こう側の少将が、背後を見やる。今夜も月が出ているのだ。そして、このところ雨は降っていない。準備期間を考えて、陰陽寮に天候を見てもらったところ、まだ数日は月夜が続くとの回答をもらっている。

併せて陰陽師から届いた回答によれば、今回のモノは、やはりまだ物の怪に至っておらず、陰陽の技でおびき寄せるというのは難しいそうだ。

「いくら弱い打ち手と言われていても、双六には運の要素もありますから、これからも絶対に勝てないとは言い切れません。あと、楓殿によれば、骸骨の駒の進め方自体は、なかなか渋い手を使うそうです。百年の打ち手ですから運以外の技量的な部分では、熟達なさったのかもしれません」

　大事な局面で、運が一度でも彼の味方をしたら、骸骨が勝ってしまうこともあり得なくはない。その時、その場に梓子がいなければ、唯一の縛る機会を失う。

「そうか、その骸骨には運だけがないのか。それは諦めも悪くなるかもしれないね。なまじ技量があると、いつかは勝てるという想いが強くなるんだろうから。……とはいえ、この世には、絶対に勝てるわけがないから、勝負すること自体に面白味を見いだせない相手というのもいるけどね」

　少将の呟きは実感がこもっていた。

「少将様は、ご自身に運がないとお考えなのですか？」

　梓子の問いに、少将がその内容にそぐわない穏やかな声で返した。

「運があるとは思えないね。……先々帝の弟である親王を父に、賜姓源氏で左大臣にまで昇った祖父の娘を母に生まれた。母方の祖父が得意とした詩歌管弦、蹴鞠、有識故実を幼い頃から教え込まれ、どれも悪くは言われない程度に身に付けることが出来た。ありがたくも今上の寵愛を賜り、父は出家したが当代の左大臣の猶子にしていただいた。こう聞くと、過分な幸運を持って生まれたように思えるけど」

前世の功徳を感じるほどの尊い血筋に生まれても、思い通りの人生とは言い難い道を歩むことになってしまったのだ。

「親王としての道は絶え、猶子である以上は左大臣家のご子息たちを超えた位を得ることもないだろう。都での位の極みを諦めたとしても、帝の寵を賜っている身では、よほどのことがなければ、都を離れて任地に赴き、地方生活を謳歌するということもなさそうだ。……私は、なにを志して日々を生きればいいのだろうね」

梓子は、御簾の下からそっと手を出し、少将の手に重ねた。少将の辛そうな声に、かつて乳母の大江が、母恋しさに泣く梓子の手を、こうやって温めてくれた日のことを思い出したからだった。

しばらくの沈黙のあと、少将は長いため息をついた。身体のどこかに入っていた力が抜けたようで、苦笑い含みの声で呟いた。

「位を極めれば、それで満たされるというものでもないようだから、やはり私は恵まれているのかな」

柱にもたれたまま月夜を仰ぐ視線の先、少将は誰を思い浮かべているのだろうか。

「少将様……」

重ねた手を、そっと握ろうとしたところで、母屋から悲鳴があがった。

手を御簾の内に戻し、梓子は母屋を振り返る。その背後で、少将が御簾を上げた。

「緊急事態だ、ここから失礼するよ！」

梓子の局に踏み込み、そのままの勢いで母屋へ向かう少将に、梓子も緊急時とばかりに立ち上がって、彼を追った。

母屋に入ると、萩野が高麗縁に上がり女御を庇って覆いかぶさり、幾人かの女房は部屋の隅で震えていた。

「賊ですか？」

少将が問いかけるが、室内に怪しい者は見当たらない。

「女御様、ご無事ですか？」

梓子の問いに、萩野の袖の下に隠れていた女御が顔を覗かせた。

「藤袴、例の骸骨の打ち手が現れました」

女御は青白い顔をしていたが、表情は落ち着いており、言葉は明瞭だ。

「そんな……女御様の御前に……なぜ？」

むしろ女御よりも動揺している梓子の疑問に、萩野がどのような状況でなにが起きたのかを教えてくれた。

「藤袴の話を聞き、双六盤を塗籠（納戸）にしまおうと、そこな者たちを呼び、移動させようとしていたところに、黒い靄に薄く包まれた骸骨が現れたのです。驚いた者が手を滑らせ、双六盤を床に倒したため、勝負の場が壊れたのでしょう。骸骨は消えました」

まとめると、女御の近くにあった双六盤を片付けるのが遅かったという話ではないだろうか。梓子は、全身の血の気が引くのを感じた。

「わたしが、確認に後宮を回ってなどいたから……」

柏が急ぎで報告しに来た話だった。内侍所に向かう前に、一旦報告するべきだった。その時点であれば、月も出ていない時間だったのに。柏の話を聞いて、『まだ場所か双六盤か、あるいは違うなにかに縁のあるモノなのかわからない』と考えてしまった。

少将が揺らいだ梓子の身体を支えた。

「いえ、私にも責が。藤袴の話を聞いてすぐに私が双六盤を預かり、自邸にでも送ってしまうべきでした。……こうなると、むしろ、これまでの間、ここに出てこなかった理由のほうが気になります。今宵、出現条件が整ったということでしょうか?」

首を傾げる萩野に、これまでと今日の差を考え、部屋の視線が梓子に集まる。

「やはり、わたしが……」

承香殿には先日の件で殿舎に入っている。それ以前に現れたという梨壺にも、内侍所の仕事で物を運んだことがある。

「藤袴のせいではありませんよ。もし、藤袴に縁があるモノならば、誰よりも先に本人が骸骨と遭遇しているはずでしょうから。……萩野、藤袴と少将殿と話があります。それ以外の者を母屋から遠ざけてください」

女御は落ち着いた様子で萩野に命じてから、高麗縁の上で居住まいを正した。

「ですが、女御様……」

部屋の隅に居た女房たちがためらうのを、萩野が追い立てる。

「女御様の御言葉です、お下がりなさい。アレは一旦引きましたが、倒れた双六盤を戻せば、すぐにまた出てくるやもしれません。その時、移ろうとする器は少ないほどよいのですから」

器にされるのを想像したのかもしれない、彼女たちは女房装束の重さも感じさせない速さで母屋を出て行った。

「これで大丈夫でしょう。……ありがとう、萩野」

女御は萩野を労うと、近くに置いてある脇息にもたれかかった。

少将は、女御の御前を下がり、急ぎ梓子が持ってきた几帳を隔てる位置に移動すると、女御に尋ねた。

「どうやら女御様は、御前を下がった女房たちは大丈夫だという確信がおありのようですね。なにか、例の骸骨が申しましたか？」

もしや、出現条件に関わるかと、女御のわきに控えながら梓子は対話に耳を傾けた。

「いいえ。ただ、考えてみると噂の骸骨が出たというのは梨壺の東宮様の周辺、承香殿の王女御様の周辺、梅壺のわたくし。皆、先帝、先々帝の御代に連なる血筋です」

「……そういうことですか。それでは、今宵は私がいたことで、この梅壺でのその血筋が、より濃くなっていたのかもしれませんね」

少将が苦笑いを浮かべていた。少将は、先々帝の親王であった父親が出家したとき、左大臣の北の方の甥である縁から、左大臣の猶子になった人なので、左の女御よりも帝の血脈に近いのだ。

「少将様の責ではございません、私が浅慮でございました。……女御様がモノを寄せやすいお身体であることを考えれば、双六盤を御前から移動させるぐらいでは、そもそも手ぬるかったのでしょう」

萩野が瞑目して眉を寄せ、自省を口にした。

「萩野、わたくしが盤の前にいたわけではないから大丈夫よ」

たしかに、女御は例の骸骨との勝負の場にいたわけではない。女房が双六盤を移動させようとしていただけだ。ただ、それでも勝負を仕掛けようとモノが出てきたというのだから、『モノを寄せやすいお身体』であることも出現に影響しているのかもしれない。

そこまで考えて、梓子は首を傾げた。

「女御様は『モノを寄せやすいお身体』なのですか？」

「……柏が説明しませんでしたか？　そうなると、柏も今回の出現を許した一端と言えますね。またほかの殿舎に聞きに行きたい事でもあって、そちらに意識が傾いてしまっていたのでしょう。今回の件が一段落したら、女御様にお仕えする女房全員を集めて藤袴の紹介と大反省会を行うといたしましょう」

萩野がお怒りだ。梓子は今一度姿勢を正した。紹介を兼ねた大反省会では、新参者であり記録係でもあるのだから、梅壺の女房たちの名前と顔、そして、特性を覚えねばなるまい。とりあえず、萩野は怒らせると怖い。柏は、なるべくこちらから話を聞き出すことを意識したほうがいい、ということは覚えておこう。

「藤袴。これで貴女が知りたがっていたモノの出現条件がわかりましたね。今宵、この梅壺に呼び寄せて、さっさと縛ってしまいなさい」

これは、わかりにくいが女御様も相当怒っていらっしゃるのではないだろうか。

「まあ、そうですね。女御様の御前を騒がせ、結果として主上を煩わせるようなモノには、さっさと戯れをやめていただかないといけませんね」

少将もお怒りのようだ。梓子を除くこの場の全員がお怒りというのは、感情の温度差にやや居心地が悪い。

実のところ、梓子は、モノに対してなにか思うところがあるというわけではない。梓子自身は、後日噂を立てられることはあっても、モノによる実害を受けたことはない。ごく身近な人々、乳母の大江や典侍といった人々も被害に遭ったことがないからだ。現状も、与えられた仕事は完遂するという信条が、梓子を動かしているのであって、モノに対する憤りといった感情はない。体質として実害を被っているだろう女御とも、万年寝不足という明らかな実害を受けている少将ともモノに対する温度差が生じるのは致し方ないことなのかもしれない。

「畏まりました。……では、今宵のうちに」

女御と少将の二人に向かって首を垂れると、梓子は床に倒れたままの双六盤を見やる。

怒らせないほうがいい人たちを怒らせたのだから、例の骸骨は、本当に『運がない』のだろう。

■ 四 ■

床に転がる双六盤を囲んだ形で、四人は今後の方針を話し合うことになった。

「一番に決めることは、誰が骸骨と勝負するかですね。……そもそもこの双六盤、どなたのものなのですか？」

梓子は双六を打った経験があまりない。双六は勝負事を好む男性たちから特に人気がある遊戯だ。梓子の育った乳母大江の実家は武家源氏で、多少気質が荒っぽく勝負事に熱が入りやすい。そんな場に梓子を近づけるのは危険という大江の判断で双六を遠ざけられていたので打つ機会が少なかった。

「あの双六盤は、左大臣様が、梅壺に主上が訪れやすい気安さを出そうとおっしゃって置かれたもので……。女御様はその時に左大臣様の説明をお聞きになっただけで、双六を打ったことはございません。わたくしも……ほんの数回だけ夫と打ちましたが、勝負の相手として不足だったようで、あまり……」

女御は未経験、萩野は梓子とそう大差ないようだ。これは、致命的だ。持っている運で骸骨に勝っても、やり方がわからないのでは、さすがに負ける。

そうなると、場の視線は一人に集中することになる。三人分の視線を受けて、少将が観念したのか、長いため息を吐き出した。

「まあ、そうなりますすね。いいでしょう、私が打ちます。……ただですね、問題がひとつありまして、私の運はおそらく骸骨といい勝負です」

少将の言わんとするところを悟り、絶望半分期待半分の微妙な想いを抱くことになったのは、梓子だけだった。

「おや、いい勝負なら良いのではないですか？　どのあたりが、問題に？」

萩野の疑問に几帳の裏の女御も同意している。梓子は、二人に骸骨が百年前にも現れた記録があることを報告していたが、それが運のなさのせいかもしれないという憶測は伝えていなかったのだ。ここでも、憶測は口にしない方針が悪いほうに出たようだ。反省を胸に、二人にそれを伝えると、二人もとても微妙な表情に変わる。

「考えようによっては、骸骨にうまく勝たせて、縛りやすくなるかもしれませんが……」

「狙って勝たせることができない可能性が高いというわけね」

萩野の言葉を継いだ女御が衵扇の裏で小さく唸っている。梓子の抱いた期待と絶望を共有してくれたようだ。

双六盤を挟んで向かい合って勝負する以上、乗り移るのに要する時間は、おそらくほんの一瞬のことだ。その間に、歌徳を得るために用意した和歌を詠む必要があるし、同時に草紙に書く必要だってある。骸骨だって簡単に縛られる気はないだろうから、梓子のやろうとしていることを悟れば、逃げてしまう可能性もある。

「……わたくしたちの側も、運に賭けねばならないということね。今宵のこの場で逃す考えはありません。少将殿、お願いします」

几帳を隔てて女御と向かい合う少将が、平伏する。

「畏まりました、女御様」

緊張の表情で、少将が倒れた双六盤を戻し、勝負を行えるように駒を並べ直す。

その間に、梓子は母が遺した草紙と筆を用意する。

「……小侍従、後を頼んだよ」

最後の駒を置く寸前、少将が小さく呟いた。それになにか励ましの言葉を返そうとするが、その前にそれは現れた。

双六盤の前に片膝を立てて座り、盤面を見下ろす骸骨だった。薄くまとった黒い靄が骨の身体を形作り、さらに骨の身体にまとう衣のようにも見せていた。

「ん？　さっき双六盤の前に居たのは、女房じゃなかったか？」

骸骨が少将を見て、器用にも鼻を鳴らした。それ以前に向かい合う少将が骸骨の目にどう見えているのかも謎だ。

「男の私では、相手にならないだろうか？」

「……いや。おまえ、いいなあ。なんたって見目がいい……」

どうやら、少将の容貌は骸骨までも魅了するようだ。楓も美人だった。骸骨は、美男美女を好むものなのだろうか。

いや、感心するのはそこではない。骸骨がしゃべったのだ。楓が殿方の声だと言っていたとおり、少ししゃがれた低い男の声をしている。しかし、勝負を挑んでくる系統の怪異に定番の言葉ではない、この場の状況の変化に応じた言葉を口にしている。

「におうぞ。ずいぶんとたくさん憑けているじゃぁないか。……おまえ、こっち側に近いだろう？　こりゃぁ、相性のよさそうな器だな」

この骸骨がどのあたりでニオイを感じているのかは、はなはだ疑問だが、少将にモノが憑いているのは事実だ。モノにはモノのニオイが本当にわかるのかもしれない。ただ、そうなると、この骸骨は、すでに『自身の感覚を持っている』ということになる。

「……これは物の怪になりかけています」

梓子は、手にした筆を強く握った。

単純に怪異事象を発生させただけのモノや、怪異事象と場所や事物が緩く結びついた状態にあって、怪異事象を繰り返すだけの妖の段階はすでに超えている。物の怪というのは、ハッキリとした姿形があり、明確な思考を持ち、己の意志による言動が可能な上、己の背景にある怪異を絶対に発動することが出来る強力な存在だ。この骸骨は、予想していた以上に、その状態に近づいている。この場の四人全員に骸骨が視えているのも、骸骨が物の怪にかなり近くなっているからだろう。

「物の怪になってしまえば、わたしではどうすることもできません」

梓子の歌徳による縛りは、モノや妖にこちらの都合がよい姿形と名を与えることで可能となっている。完全に物の怪になってしまえば、すでに姿形や名を持っている状態なので、歌徳をもってしても縛れなくなるのだ。

「仏僧か陰陽師を呼ぶ必要がございますか？」

萩野の問いかけに、梓子は首を振るよりない。

「……それもダメです。いまはまだ物の怪に至っていません。祈禱や調伏の多くは、物の怪を下すための名を聞き出したり、見定めたりするためのものなのです。その名がまだない状態なので、いま来ていただいても無駄足になってしまいます」

この説明を、もう何人にもしている。そして、説明するたびに、己の力の不甲斐なさに悔しくなる。それが表情に出ていたのだろうか、双六盤の向こう側に座る骸骨が口をあけて笑う。

「なんだなんだ、ほかにも器がいるじゃないか！」

「……わたしでも問題はないのですか？」

問い掛ければ、骸骨が空洞の目で梓子のほうをじいっと見ている。

「……おまえのニオイを知っている気がする」

どうやら梓子を見ていたわけではなく、ニオイを嗅いでいたらしい。相手が骸骨だとその差が見た目にわからない。

「このニオイは、怖いものを連れていたあの女に似ている。ああ、それだ、その筆。あの女も筆を持っていた。……あの女は怖かった。捨て台詞を吐いて、逃げ出したくらいだ。でも、おまえは怖くないな。おまえとなら勝負のひとつもできそうだ」

よもや、その『あの女』とは、母のことか？　やはりこの骸骨と直接相対したことがあるのだ。それにしても、怖いものを連れていたとは、どういうことなのだろう。しかも、梓子は怖くない、とは。もしかして、母がその時に持っていた草紙は、梓子の手元にあるこの草紙ではなかったのか？

「……で、どうする、女房殿？」

問われて、梓子は我に返る。仕事の最中に私情を挟んでしまった。仕事をまっとうすることが己の信条だというのに。梓子は、気になる諸々を頭からふり払い、自ら骸骨の目を見た。

「女房という話で確認したいことがございます。お声から殿方と思われるのですが、身体が男でも女でも器として問題はないのですか？」

器の条件の確認に質問を切り替える。なにせ、この骸骨は承香殿の女房である楓に勝負を挑んでいる。ここは、器の性別の問題を確定させておきたい。

「ほしいのは、永久に勝負を楽しめる身体だ。双六を打つのに男も女も関係ないが、まあそうだな、器量が良いに越したことはない」

器量が良ければ、その言葉に梓子たちはつい少将を見てしまう。だが、骸骨は悩ましそうに続けた。

「おまえもそっちの女も悪くはない。だが、こいつのほうが、打つ相手を探すのに、都合がよさそうだ」

それは、明らかに梓子たちのほうに向けてかけられた言葉だった。たしかに、男性である少将のほうが、行動範囲が広い。女御はよっぽどのことがない限り、後宮はおろか、自身の部屋からさえも出ない。それでは、対戦相手に限りがある。

「では、勝負の相手は、私で決まりだ。さっそく始めようか。……小侍従、君はこの梅壺の記録係だ。勝負の記録のほうを頼むよ」

言われて梓子は姿勢を正した。

「は、はい。記録いたします！」

さすがは、少将だった。これはありがたい。勝負の記録のために、梓子は骸骨の前でも紙を出し、筆を手に持った状態でいるのも不自然ではなくなる。

「さあ、……不運対決といこうか」

少将は、骸骨に睨むのではなく微笑んで、開始を告げた。

緊張とともに勝負を開始してから半刻。

少将が振った筒から賽子が二つ、盤上に転がり出た。

「ここで、この目が出るか……」

少将がため息とともに呟いた。多少は双六がわかる萩野はもちろん、これまで打ったことがなかった左の女御までも、少将に続いてため息をついた。

梓子としても、ここまでの勝負展開は思ってもみなかった。両者、出目の悪さで一歩も譲らずという、ただの運気最弱決定戦になってしまっている。

「おっ、悪くない手だ。……双六をよくわかっているじゃないか。このぎりぎり感がたまらないんだよ」

双六では、賽子の出目の分だけ自分の色の駒を動かしていくわけだが、お互いに出目が悪い分だけ、よりいっそうどの駒を動かすかを計算し尽くす頭脳戦になっている。賽を振っているのに、もうほぼ囲碁である。

「はは、お褒めに与り光栄だよ。君も運以外は、けっこう強いんだね」

あげく技量はあるのに出目が悪いことに共感が芽生え、なんだか盤を挟んだ雰囲気が良くない方向に和やかだ。

「少将様、しっかり！」

己の身の運のなさを自ら口にする少将が、雰囲気に流されて手を緩めたら、あっという間に負けてしまいそうだ。骸骨が勝って乗り移るその瞬間を狙うのだから、きっちり機を計って負けてもらわないと、少将の身体にモノが入ってしまうかもしれない。それだけは避けたい。

「うん、気は抜いてないから大丈夫だよ、小侍従。……なんというか、気の抜きどころがなくて、正直双六を楽しむという感じではないね。なにせ、どっちが賽を振っても観ている側からため息が出るなんて、ね？」

少将は、骸骨に同意を求めた。そうは言われても、これだけ勝負が進まないと、観ている側としては、ため息も出るというものだ。

骸骨が少将に同意しながら、賽子を入れた筒を持つ。

「まあ、頭を使うばかりで面白味には欠けるな。こんなんで勝っても双六で勝った気はしないだろうよ」

それは困る。勝って、器に入る気になってもらわねば。

「そうだ、あんたが賽を振るのは、どうだ？」

骸骨が手にしていた筒を差し出し、梓子を誘う。

なるほど、出目が問題だから、そういう手もありかもしれない。梓子は、早期解決に向けたいい提案だと思ったが、賽を振っていては、いざという時に歌を書く手が間に合わなくなってしまうかもしれないことに、小さく唸（うな）った。

「……ですが、自分以外の誰かが振った目で双六に勝っても、勝負した気になれず、面白くはないと思われるのでは？」

捻（ひね）りだした断りの言葉に、骸骨が即答した。

「そりゃそうだ。あんたが正しい！」

これはこれで、根本的な解決にはなっていないので、正しいとしても喜べない。

「やはり、ここはあんたが打つか？」

もっと面倒なことになった。梓子は、実は自分がしようとしていることが相手にバレているのではないかと疑わしく思えてきた。何度も断っては、怪しまれるだろうか。

当たり前だが、骸骨相手では表情を読むということはできない。なにを考えてこの提案をしてきたのか、梓子には、全くわからないのだ。

「ん〜、でも、それは却下かな。……彼女は私の妻なんだ。万が一にも彼女の中に私ではない『男』が入るなんてことになったら、それはもう色々と抑えが利かなくなってしまうだろうからね」

少将からゆらりと薄墨色の靄が立ち昇る。彼が身にまとうモノが蠢いた。

「おいおい、憑かせるだけじゃないのかよ……」

骸骨のまとう黒い靄が揺らぎ、双六盤が小刻みに震えた。

その一触即発の空気の中、のんびりとした声が人払いしたはずの母屋に入ってきた。

「おや、ずいぶんと楽しいことになっているようだね。私も参加してもいいかな？」

先触れもなく御簾を上げたその人物は、月光を背に、母屋の床に影を落としていた。

■ 五 ■

その人物は、月明かりを背にしているため顔がはっきりと見えなかった。だが、その声だけで、左の女御も萩野も、さらには勝負中の少将までもが、焦って礼を正す。それに倣って、梓子も急ぎ双六盤のすぐ横から下がり、平伏した。

「勝負中に声を掛けてすまなかったね。顔をあげなさい。私のことは気にせずに勝負を続けるといい」

まだ若い、二十代半ばくらいだろうか。男性の声がやわらかな口調で、そう促した。

本当に顔を上げていいのか、この場での立場が近い萩野の様子を見るために、わずかに視線を上げた梓子の目に小葵文様の白い袍が入ってきた。月の光に白く輝いて見えるその直衣は通常の者より裾が長かった。さらに、指貫ではなく紅の長袴を引いて、母屋の中央へと進む。御引直衣、帝の装束である。あろうことか、この状況で今上がお渡りになったのだ。

「なぜ、貴方様自らが、このような場に……」

骸骨の前だからか、少将は現れた人物が誰であるかを口にすることなく問うた。

「暇な月夜の語らい相手に少将を待っていたんだけど、なかなか来ないから、捜しに来たんだよ」

「ここまで、お一人で、ですか……？　……いえ、貴方様のなさることをあれこれと問うなど、私が愚かでございました」

梅壺は、帝の寝殿である清涼殿から遠くはないが、近くにはほかの殿舎もある。少将を捜して、この梅壺に着くまで、どれほどのあいだ一人歩きしていたのだろうか。帝のお姿を捜しているだろう護衛役の人々の心情を考えると、身がすくむ。

「少将。そういう言葉遣いはやめて、いつも通りでいいよ。……君は私の数少ない友人だから、ね？」

少将がちらりと左の女御がいる几帳のほうを見やる。だが、帝の命令は絶対だ。

「……それで後でお叱りを受けるのは私なんですよ。まあ、それは慣れているのでいいです。それより、……せっかくですから本当に参加されませんか？」

それが、双六のことだとわかった梓子が止めようとしたが、その前に几帳の向こう側から鋭い声が飛んできた。

「少将殿！」

萩野ではない。左の女御の声だった。これに対して、帝が表情もやわらかに、喜色に満ちた声で小さく呟いた。

「……ふーん。そんな声、出るんだ」

なぜだろう。梓子は、すごく聞いてはいけない言葉を聞いた気がした。

固まった梓子の視線に気づいてか、帝は梓子をちらっと見た後、几帳の向こう側に声を掛けた。

「いいんですよ、女御。私の数少ない友人が頼ってくれたのです。もちろん喜んで力を貸しますから、貴女も見ていてくださいね」

帝は少将に合わせて、几帳の向こう側の女御にも丁寧な口調で言葉を掛けた。先ほどの呟きとは異なり、表情も声も涼やかだ。

それを見ていた少将が、さっさと双六盤の前で立ち上がる。

「ぜひ、我が国最高の強運をご披露いただきたいですね。そこの彼は、もう勝負することに虚しさしか感じないほど、完膚なきまでに負けたほうがいいと思うので」

少将が場を譲った。置かれていた円座に腰を下ろして盤面を見ること数秒、帝は双六盤の向かい側に声を掛けた。

「まだまだ序盤の、これからが盛り上がるというところで終わらせたりして悪かったよ。私の過去の対戦相手は皆、口にこそ出さないけれど、とてもつまらなそうな顔をしていたものだけど……、君は、そういう表情が見えないのが、とてもいいね。楽しみだな」

骸骨相手にも恐れないのはさすがとしても、表情が見えないのがいい、とは、骸骨を相手にケンカを売ってやしないだろうか。

「全然序盤じゃない……。これでも半刻は、やっている！」

骸骨の声に苛立ちが混じっている。百年以上前から世を彷徨ってきた骸骨なのだから、平静であればその装束を見て、相手が帝であることに気づきそうなものだが、勝負の途中で邪魔が入ったと思っているのか、対面に座った人物が誰なのかを考えようともしないで、苛立ちをぶつけているようだ。

「……ああ、なんとなく察したよ。少将と同じくらい出目が悪いのか。ちっとも進まなくてお互いに苛立っただろうね。見たかったなぁ」

帝は笑いながら、盤面の駒を最初の配置に戻した。勝負を仕切り直すようだ。

「おまえは、楽しませてくれるんだろうな？」

骸骨が、帝に問う。その言葉遣いに、観戦する側の頬が引きつるが、帝への無礼や不敬を指摘するわけにもいかず、ぐぬぅと妙な唸りを呑み込む。帝ご本人は、骸骨の言葉遣いなどまったく気にしていない様子で応じる。

「さあ、どうだろうね。まあ、勝負はやってみなければわからないという人もいるから、やってみようじゃないか」

そう言って先手を取った帝が賽子の入った筒を振った。

「まあっ！」

萩野が声を上げた。梓子はどちらかというと声が出なかった。先ほどまでため息しか出ない出目の悪さだったのだ。もう賽子に悪い目が出るような細工がされているのではないかと疑わしくなるほどに。なのに、帝が振った途端、最高の目が出た。

「これは、観戦しがいがありそうですね」

少しばかり最終目的を忘れ、双六の観戦に心が傾いた梓子に、双六盤を離れて横に来た少将が冷めた声で呟く。

「そう思うのは、今のうちだけだよ……」

一方で、骸骨は期待に声を弾ませる。

「なんだ、この賽子、ちゃんといい目も出せるんじゃないか」

笑っているような声で、骸骨の手が賽筒を掴む。

「そらよ」

残念ながら、賽筒は骸骨の手にあると安定の出目の悪さを維持していた。骸骨は面白くなさそうに、駒を動かした。

「渋い手だね。出目の悪さを補う技量はあるんだね。でも……」

帝は言いながら二回目の賽筒振りをする。すると、盤上に転がり出たのは、またしても良い出目だった。

「双六は、思考で押し切るには、どうにも足りない遊戯だよ」

「連続か……」

出目の差があまりに一方的だった。何かが違うと、骸骨も感じたのだろう。双六盤の盤面から顔を上げ、向い合せに座る相手を見ることにしたようだ。

「こんだけ出目がいいとか、勝ち放題だろ？　さぞ楽しいだろうな。羨ましいぜ」

多少悔し気に骸骨が言うと、帝が細く長いため息をつく。

「これが、そうでもないんだよ。……私は友人が少なくてね。その少ない友人たちでさえも、誰一人として、私を賭け事に誘ってくれないんだ。やらなきゃ勝つも負けるもないからねぇ」

そもそも帝を賭けに誘うのは、臣下として許される行為なのだろうか。

「私が誘う分には、まあ乗ってくれるけど、さっきも言ったように、誰もがつまらなそうな顔になるんだから、悲しいことだよ」

厭世的な少将を数少ない友人というくらいだから、帝も厭世的な性分なのだろうか。ずいぶんと賭け事に否定的だ。

過ぎた強運は身を亡ぼすとか、そういう教訓じみた話だろうか。

「……小侍従、君は少し思っていることを隠すことを意識したほうがいい」

その声に、少将のほうを見れば、彼はじいっと梓子のほうを見ていた。

「なんで、わたしのほうを見ているんですか？　盤面を見てくださいよ、盤面を！」

慌てて握りしめていた筆を置き、扇を顔の前に広げる。いかに殿方の前に出るのも仕事の内という女房であっても、こうも近くで見られるなんて有り得ない。

「別に盤面をずっと見ている必要なんてないよ。どうせ結果はわかっているからね。私が見るべきは、君が動くのに最適な機だけだよ」

言われて、再び扇を筆に持ち替える。少将が、ここまで言い切るということは、今上帝は、かなりの双六の打ち手なのだろう。これは早々に決着がついてしまうかもしれない。だが、双六に負けた時の骸骨の動きがどうなるかは、実のところわからない。直近で怪異に遭遇した楓たちと同じか、あるいは違うのか。どんな動きをされても、梓子は、すぐに縛れるようでなければならない。なにせ、この場には帝と女御がいる。二人を器にされることなど断じてあってはならない。

「お強いのですよね？」

梓子は、密かに少将に確認する。

まだ帝と骸骨の勝負は始まったばかりで、帝の出目の良さにばかり目が行くが、技量があっても出目が良くなければ双六に勝てないように、出目だけが良くても技量がなければ双六には勝てないはずだ。

だが、尋ねておいて、梓子はすぐに自答する。

「あ、……いえ、疑問を挟むまでもなくあの御方はお強いですね。なんと言っても聖代に匹敵する賢君と噂される御方ですから」

だからこそ、少将は双六盤の前を退いたのだ。そうでなければ、帝（みかど）を最前に出すなんてことはしないだろう。いや、普通は、それでも帝をモノの前に出したりはしないのだが……。

「誰かに負けるお姿なんて想像できませんものね」

盤面を見れば、帝の駒はもうほとんど決められた場所までの移動を終えている。これは、まだ双六がよくわかっていない梓子でもわかるほど、帝の圧勝だった。

「それは、ちょっと違うかな。あの御方が負けないのは、この国の、特にこの宮中の誰もが、あの御方が負ける姿を想像できないからだよ」

言われてハッとする。モノが怪異の噂話によって、場所や事物と結びつき、そういう存在なのだと定義されることで、物の怪（け）となる力を得るように、帝もまた帝であるが故に、人々によって『絶対に負けることのない存在』という枠に、はめ込まれているのだ。

「あの御方があの御方である限り、それを皆が知っている限り、あの御方が負けることはないんだよ。賭け事に誘われないとおっしゃるが、それは、勝負を挑んでおいて、その本心では勝とうと思っていない者を、とても厭うていらっしゃるから、どうしてもお誘いするのが……」

少将が語尾を濁したところで、梓子はある可能性に気づいてしまった。

「ま、待ってください！　それでは、あの御方がどなたであるかを知らない、あの骸骨ならば、勝つかもしれないということですか？」

「その可能性はある。……でも、あの骸骨はたぶん……」

少将が視線を、双六盤を挟んで座る帝と骸骨に向ける。梓子が導かれるように同じ方向を見れば、盤面の勝敗は決していた。さきほどの形勢そのままで決着したらしい。

安堵した梓子だったが、間近の少将は小さく呟いた。

「駄目だったか。……これは確定だな」

なにが確定なのか、さきほどの『たぶん』の続きだろうか。

梓子が問う前に、勝った側の帝がため息をついた。

「やはり、私の勝ちか。……君には、ちょっと期待したのに残念だよ」

双六盤の前を退こうとする帝を、骸骨が引き止めた。

「いや、待ってくれ、もう一回、もう一回勝負だ！　いや、勝つまで……」

ひとりの相手と勝負を繰り返す話は聞いていない。

「なんて引き際の悪いこと」

几帳の向こうから、女御がモノを咎める。

いまさらだが、この場の誰ひとりとしてモノに怯むということがない。正直、この骸骨という見た目だけで失神する女性もいそうなものだが。もしや、ほかの人の目には、自分の目に見ているほどはっきりとした骸骨の姿ではないのだろうか。もっとも、寄せる体質の女御と少将は、この見た目でも見慣れている可能性も高いのだが。

「まあ、女御様。勝負をしたいがためにモノになるくらいですから、まさしく『往生際が悪い』のですよ。致し方ございません」

一番、モノに慣れていないと思われる萩野さえもコレである。帝に至っては、骸骨に対しておおらかに笑いかける。

「まだ、月も傾いてきたばかりだ。私はかまわないよ。ただし、本気で勝負がしたいというのであれば……だけれど、ね」

帝の横顔は、笑みから一転、双六盤の向こう側を静かに見据えていた。

「本気に決まっているだろう。この身で嘘をついてなんになる？」

骸骨は、憤慨したようだ。それを受けて、帝は破顔する。

「では、改めて君に期待しよう。……ところで、私が負けたら、君は何を欲するの？　実は幼少期から身体が弱くてね、器として長持ちするか否かでいったら、あまりお勧めではないのだけれど」

モノを相手に帝が交渉する場面に遭遇するなんて、まるで神話か説話の中の出来事を目の前にしているようだ！　梓子は興奮して、思わず少将の衣の袖を引いていた。

だが、骸骨の返答は、梓子を震撼させた。

「そうだな……、あんたの、そのツキがほしい」

モノが目的を変えた。双六の勝負に勝ったなら、器として身体を奪う。それが、このモノがモノとして存在するための土台だというのに。

これは、また一歩、骸骨が物の怪に近づいた、ということだ。

「いいとも。……君に奪えるのならば」

これはまずい。梓子は少将の衣の袖を今度は握った。

■　六　■

梓子の心配をよそに、二度目、三度目の勝負でも帝が勝った。

「おまえ、なんなんだ？　この出目の強さ、異常だろ……」

「また私の勝ちだね。……では、次を始めようか。勝つまでやるんだろう？」

これが、すでに何度か聞いた帝の勝利宣言の言葉だった。勝利の熱などない。一方的な進み方で、短時間に終わる双六では、勝負の面白味などありはしない。

「こんなの勝負っていわないだろ、面白くもなんともない……」

骸骨は憤りを通り越して、虚しさを吐露した。

「すまないね。私は生来の強運の持ち主なので、生まれてこの方、勝負事に負けたことはただの一度もないんだ。まあ、勝ち続けるだけの日々というのも虚しいものだけどね」

「正直、見ているほうも盛り上がりませんしね」

少将が帝の言葉にひどい補足を入れる。だが、帝は不快どころか上機嫌で「そうだろうね」と同意する。

「勝つことが……虚しい？」

骸骨の呟きを耳にした帝は、再戦のための駒を並べながら骸骨に問う。

「……ねえ、君。私のツキを手に入れて、双六に勝てるようになって、身体も手に入れたとして、それでどうするの？　もしや、双六を続けるだけ？　でも、私のツキがあれば、君が百年かけて磨いてきた技量を披露するまでもなく、容易く何度だって勝てるようになるよ。もう勝負を仕掛ける意味もないほどにね。……ただ、私の経験から言わせてもらうと、やる前から結果が決まっている勝負なんて、面白くもなんともないよ」

駒を並べ終えた帝が、賽子と筒を骸骨の前に置く。先手を譲り、好きなように賽子を振れと促す。そのあいだも、帝は語りつづける。ただ、視線は盤面に落としていた。

「まあ、でも、君が私のツキを手に入れることはないだろうね。君ではどれほど勝負をしたところで、私に勝てない。……いや、そもそも、私を負かしてくれる者なんて、この国中探してもいないけどね」

骸骨が手にした筒から転がり出た賽子が止まる。出目が悪いどころか、最悪だった。

「なあ、……おまえ、誰なんだ？」

骸骨がまとう黒い靄が厚みを増した。まるで衣を形作るように。梓子は、少将の衣の袖を握っていた指先に、ぎゅっと力を入れた。物の怪化が強くなっている。仕掛けるなら早くしなければ梓子の縛りでは抑え込めなくなる。だが、少将は梓子が前に出ようとするのを、軽く押しとどめる。

「なぜ……？」

「まだだよ。……大丈夫、小侍従が仕掛ける機は、ちゃんと私が見ているから」

ささやきの会話が聞こえているはずがないのに、骸骨よりも、はるかに怖くなる空気をまとって、帝がモノに答えた。

「ようやく、私が誰なのか問うてくれるんだね。立太子を含め約二十年。自分が何者か、それを口にすること自体が久し振りで嬉しくなるよ。誰もそれを『朕』に問うことはなかったからね」

この国の中枢において、長きにわたりその地位を問われることない、絶対的な地位に君臨する御方にして、ただ一人に許された一人称を使うことができる御方。さすがの骸骨も、それと悟った。

「……帝……だ、と？」

骸骨のまとう黒い靄が動きを止める。希薄な薄墨色へと淡くなる。

それを見て、帝は口元に笑みを刻んだ。

「自分でそれを言うと、なんか間が抜けた感じになるので、悟ってくれて助かったよ。……さて、私が誰かわかったのだから、君も何者であるか言うのが礼儀ではないかな？」

骸骨は答えない。答えようがない。モノである以上、この骸骨は生前の名を失っているからだ。

この骸骨に、これ以上思考させてはならない。己が何者かを考えさせてはいけない。具体的に何者であるという名を持ってしまったら、それは『死霊』であり、相応の姿形を持つ物の怪に変じてしまう。名を持たず、ハッキリとした姿形もないモノだからこそ、梓子が言の葉の鎖と名をもって縛ることができるのだ。

「思うに……数多くいらした、若くしてお亡くなりになった親王様方の、思念の集合体ではないでしょうか？」

梓子は、帝と骸骨の対話に割って入った。これ以上、一対一で話を続けることは、骸骨を物の怪にしてしまう。

「小侍従、どうして、そう思ったの？」

帝が問うよりも前に、少将が尋ねてくれた。それだけで梓子の心の負担は軽くなる。帝に直接なにか問われるのは、一介の女房にとって、とてつもない重圧だ。それを察してくれたのだろう。梓子は、顔を上げて、少将に説明した。

「調べても、内裏の外での……、京内どころか大内裏での目撃例さえなかったからです。おそらく内裏の外を知らない存在だと考えました。……だって、おかしいじゃないですか。双六は身分を問わず流行っているもの。ならば、内裏の外のほうが、勝負の相手に事欠かないはず。なのに、その例がなかった。大内裏でもなかったことで、官職に就くこともなかったのではないかと。その上で、少将様と向かい合った時、女房じゃないと指摘しました。これに加えて、少将様……殿上人を前にしていても、言葉を改めることなく、『女御様』とのやりとりでも、不遜とも取れる態度を変えることはありませんでした。ですが、帝の御前であることには、反応を見せた」

「なるほどね。内裏の中しか知らず、官職に就いたことがなく、主上の御前のみ首を垂れる男か」

もっと絞り込むことはできる。百年前にも現れた記録があるのだから、五代以上前の親王の誰かを核としたモノである可能性が高い。当時は、後宮に数多くの女御・更衣がいて、親王・内親王も数多くいた。現れるのは後宮、狙うのは親王、内親王の周辺……というのも、その殿舎に縁のある親王で、比較的早い段階で運悪く高御座への道を断たれた親王を調べれば、おそらくもっと核心に近づく。

でも、モノに個体としての名を獲得させるわけにはいかないから、梓子としては、集合体というあいまいさを加えておかなければならないのだ。

梓子の狙いを感じとったのか、帝は骸骨が何者であるかという話題から話を変えた。

「若くして亡くなったとなると系図上は別の系統なのかな。とはいえ、後ろに続く身で申し訳ないが、言わせてもらうと、私は七歳で即位したよ。それから約二十年、この歳まで生きて、この位に居続けている。これが並外れた運を持っていなければ成し得ないと、君なら全てとは言わないまでも、半分くらいはわかるんじゃないのかな？」

強力な後ろ盾のある親王に生まれ、その後ろ盾が失脚しない間に帝位に就く。幼くして帝位に就いたなら、今度は摂政が不要になるまで生き延びる。その後は、病を避け、後ろ盾の影響力と折り合いをつけながら、長く帝位に留まる。これを成し遂げるのは、帝の外戚となって政治の中枢を握る摂関家の影響力があまりにも大きい今の時代にとても難しいことなのだ。

「……ね？　君は、私には勝てない。君が何度勝負を挑んでも勝敗結果は変わらない。……そのことの証明を、まだ、続ける気はある？」

骸骨は答えない。あれほど勝負に執着し、勝てるまでと言っていたのに。ある意味で、モノが再び変質しようとしているのだ。『双六の勝負を挑む』『勝てば器を得る』『勝負を楽しむ』『ツキがなくても磨き上げた技量でいつか勝てるかもしれない』というこのモノが持つ、存在の土台が覆りかけている。

「主上は、モノの存在の土台を壊すおつもりですか？」

縛り、封じ、下す、浄化する……たくさんの物の怪に対するやり方がある。だが、存在の土台を壊されれば、モノは消えるよりない。存在そのものを消滅に至らしめる、とても怖いやり方だ。

「大丈夫だよ、小侍従。主上の本題はたぶんこの後だ。……あの御方は、とても回りくどいことを好まれる性分でいらっしゃるから」

梓子を安心させようとしたのだろうが、後半が少々不穏だ。回りくどいのと、落として上げるのとは違う。梓子には、帝の目指す落としどころが、ますます見えなくなった。

そんな梓子の不安を見透かすことなく、帝は骸骨の手から落ちて床に転がる筒を取り、賽を振りはじめる。

「それとも、君の本当の願いを指摘してあげようか？」

筒を傾け、中の賽子を盤上に転がそうとする帝を、骸骨は止めた。

「い……らない……、や、やめ……おやめください！」

それは、帝の提案に対する拒絶か、あるいは、賽の目を見たくない故の懇願か。どちらであるかはわからない。

「私を誰だと思っている。……朕になにかを希うことが許されている者は、この国においては、朕自身のみぞ」

帝が仕掛けた。梓子は少将に確認する。彼は頷いたが、視線は双六盤のほうだけを見ていた。本当に梓子が仕掛けるべき機を見定めてくれようとしている。

梓子にできることは、言われた時にすぐに動けるようにすることだ。もういまのモノの状態になると、正直何をしようとするか予測不可能だ。モノが自身を疑い始めている。この方向で進めば、『器に移ろうとする』ことさえしないかもしれないからだ。

強く握っていた筆を、書くための持ち方に変え、梓子はその瞬間を待った。

「……ツキだ、ツキがなかっただけだ。……本来は、そっち側だったはずだ……」

骸骨の声が切れ切れになり、聞き取りにくさを増していく。

「よこ、せ……、そこは……私の……私のものだ！」

骸骨のまとう黒い靄が一気に膨れ上がった。

「負け続けることで、『いつかは勝てるという希望』を手放したくないだけの愚か者に、私は殿上の許可を与えていない。疾く、去れ！」

これぞ、天孫の御業か。帝はその声だけで、姿形を得つつあったモノを骸骨以前の黒い靄に押し戻した。

この状態は、このモノの原形とも言うべき姿だった。

縛るのにこれ以上ない最適な状態だ。仕掛けるなら、いまだ。

草紙を手に、筆を構えた梓子に、少将が背を支えるように肩に手を添えてくれた。モノを縛った後に、梓子が倒れ込むことを知っている少将は、あらかじめ支えていてくれるようだ。

「いまだ、小侍従。存分にやりなよ」

縛りに集中するため頷きだけ返して、梓子は歌を詠んだ。

「つきかけに　わがみをかふる　ものならば」

月影（月の姿）に我が身を変えられるものならば

「つれなきひとも　あはれとやみむ」

　つれない人もあはれと思って見てくれるだろうか

　歌徳が言の葉に宿り、文字が鎖となってモノを縛った。

　続けて、梓子はモノに筆を向け、宙に名を書き、モノに与える。

「その名『つきかけ』と称す！」

　言の葉の鎖に縛られた黒い靄が『つきかけ』の名を記し、その姿形を描いた草紙の中に言の葉の鎖ごと引きずり込まれていく。

　あとに残されたのは、盤上の駒が散らばってしまった双六盤だけ。床に転がった駒を月明かりが照らしていた。

「月影をもってツキ欠けか。小侍従も捻り出したものだね。恋歌で賭け事に興じたモノを縛るなんて……」

　モノを縛り終えてぐったりとなっている梓子を支える少将が、小さく笑って指摘した。

　今回言の葉の鎖として使った和歌は、『古今和歌集』に収録された壬生忠岑のものである。少将が言うように本来は恋歌だ。ただ、あの骸骨は、楓の言ったとおり、勝負それ自体に執着していた。百年もの間、ただひたすらに、勝負することにこだわってきた。まるで恋焦がれるように。

「もし、あの方のツキが欠けていなかったなら、あのようなお姿にはならなかったのではと、そう思いました。ただ同時に、主上のおっしゃったように、勝つこともお望みではなかったようなので」

帝への道を断たれ、顧みられることのなかった若き親王。『つきかけ』として、この草紙に綴られることで、その存在を『あはれ』と思い、語る人もあるだろう。終焉を迎えた怪異を人々が語ることは、鎮魂を意味することでもあるのだ。

「とはいえ、皆が無事で何よりでした……って、そうです、主上！」

几帳の裏の左の女御が立ち上がり、そのまま帝に詰め寄った。

「なんてことをなさるのです。貴方様は皇尊なのです！　御身を亡霊の前に晒す必要などございません」

言い切って帝を睨む左の女御だったが、帝は相好を崩した。

「……ありがとう。大丈夫だよ、そのあたりも含めて強運だから」

笑顔を返されると思わなかったのだろう、女御は驚きに目を瞬かせ、そのことで自身が立ち上がっていることや、男性二人の前に顔を見せていることに気づいた。

「さ、最悪です！」

詰め寄っていたことで目の前にいた帝に勢いよく背を向け、一気に几帳の裏まで逃げ込んだ。

「ねえ、光影！　見た？　久しぶりに怒られたよ！」

「……そーですね。よかったですね」

この温度差。なぜ、主上は、怒られたことを、こんなに嬉しそうにおっしゃるのだろうか。まあ、そもそも帝相手に怒る人なんていないだろうが、それが嬉しいとか……。

首を傾げた梓子の右肩に少将の手が乗った。振り仰げば、少将が無言で首を振った。さらに、左肩に手が乗る。視線を向ければ、萩野だった。彼女は無言で、梓子の目を見つめた。

「……あ、はい。わたしは記録係ですので、私情を排し、そのままを受け入れるようにいたします」

梓子は何かを察した。見た、聴いた。それだけを記録に残すのだ。帝の趣味嗜好が云々などという推測の記載は排除して。

後宮で、主に仕えるとは、きっとこういうことを言うのだろう。

いろんな意味で疲労困憊の梓子を、少将が少将なりに労った。

「ともあれ、お疲れ様だったね、小侍従。異動の初日からこんな事態になるとは思わなかったよ。きっと、小侍従は『モノめづる君』だけでなく、『モノにめでられし君』でもあるんだね」

梓子は頭を抱えた。噂の人である少将は、記録係が記録に残さずとも、どこからかその発言が聞かれていて、宮中の隅々まで伝わる。梓子の噂に、新たな呼び名が加わってしまう予感がした。

■終■

夜通しの双六勝負の末に『つきかけ』の名によってモノを縛ってから八日ほどが経った。幸いにも梓子の呼び名は、なんとか増えずに済んだ。

それというのは、故中宮の崩御から時間が経っても、帝が後宮に渡ることが途絶えたままだったところを、ついに梅壺に渡られたという話のほうが、後宮として重要だったからだ。それに比べれば、『あの小侍従がまた怪異に関わり、新たな呼び名を手にした』なんて話は、とても些末なことでしかない。

ただ、梓子たちは、あれがお渡りでなく、少将を捜しに、ちょっと梅壺に来ただけだと知っているので、少々複雑な気持ちだ。帝を梅壺に呼び寄せたのは、それこそ、帝に『めでられし』少将であった。

「まさか、護衛の一人も連れずに、お一人でいらっしゃるとは……ね。いや、でもほかの誰かを連れてきていたら、勝負を預けることはできなかっただろうから、よくないことだと責めるのも違うかな」

いや、護衛が居ても居なくても、モノの前に出てもらっていい御方ではない。梓子も責められない側なので、『帝への』でなく『少将への』咎めの言葉は、胸の内に留めておくことにした。

「まあ、私が絶対負けないと言い切れるのは、主上だけだから、梅壺までおいでいただいたのは、ありがたいことではあったけど、左の女御様の件は、けっして狙ったことではないんだけどなぁ」

なにを狙ったかといえば、左の女御へのお渡りである。あの夜から八日経っているわけだが、その間に帝は三回、梅壺にお渡りになり、二回ほど清涼殿にお召しになった。

この左の女御への御寵愛を呼びこんだのは少将である、という噂が広まっている。

「まあ、あの方が私以外にも興味を惹かれる相手を得たようで、私としても良かったんだけどさ。ほかの殿舎の方々から、お声掛けが激しくて……」

うちの殿舎にも、帝を呼んでほしいというお願いをされるらしい。

「お疲れでいらっしゃるのですね」

「うん。……まあ、それは置いておこう。改めて、今回もお疲れ様だったね、小侍従」

本日は、後宮の怪異をひとつ解決したということで梅壺全体に禄(給与として支給される絹)をいただいた。さらに梓子は帝からも内々に禄を賜った。少将が、その禄を運んできたのだ。

「いえ、今回は少将様にこそお礼を申し上げます。ありがとうございました。少将様のおかげで、機を逸することなく縛ることが出来ました。それだけではありません。危険を承知で最初に双六盤の前にお座りくださいました」

「そのあたりは、だいぶ私情だよ。あの骸骨がもし君を器になどしようものなら……。

でも、君なら必ずあの骸骨をどうにかしてくれると思っていたから動けたんだ。君が私をあの骸骨から助けてくれると信じていたから」

御簾を掛けた孫廂の端近で、禄を受けとるために梓子が御簾の下から出した手に、少将が自身の手をそっと重ねた。

「あの骸骨が、君に入るどころか触れることさえもできなくて、本当に良かったよ」

「え？　触れる程度は、大丈夫ですよ」

梓子の返答に、少将の重ねた手が、わずかにこわばった。

「大丈夫じゃないよ。……私の気持ちの問題として、全然大丈夫じゃない」

気持ちの問題だと言われて思い当たり、梓子は深く納得した。

「あー、典侍様にもよく言われました。宮中で、物の怪とは思わずに廊下で遭遇して挨拶を交わしていた話とかをすると、いくらその程度ならば大丈夫だと言われても、聞かされるほうは気が気じゃないのだと」

骸骨の、母が何か怖いものを連れていたという話からいっても、母が梓子に遺したものは、母が持っていたすべてではない可能性が高い。

いま、手元にある筆と草紙にしたって、もっと違う使い方があるのかもしれない。それでも、梓子も経験を積んで、モノとの距離感は、なんとなくだがわかってきた。なにせモノを縛る鎖となる言の葉は、和歌の文字数の長さしかない。距離が遠くては縛り切れず逃げられてしまう。だから、梓子がモノに近づくことは、縛るうえで必須だ。だが、少将から見れば、モノを縛るときの梓子とモノとの距離は、とてつもなく近くて危険な状況に見えるのだろう。

梓子は、少将の不安を宥めようとしたが、少将の手は、禄を受け取って引っ込めようとする梓子の手をしっかりと握って、引き止める。

「……あのね、小侍従。私の君に対する後ろ盾とは保護者目線のことではないからね」

空いていたほうの手で器用に檜扇を広げた少将が、口元を隠しながら密やかに言った。たぶん、近くの人に聞こえなくするためなのだろうが、檜扇の存在でむしろ視線が強調され、御簾越しなのに目がはっきりと合った。

少将の指摘で考えていることが表情に出ないように気を付けるようになった梓子だったが、これには顔だけでなく声までも引きつる。

「少将様、相変わらず笑顔が怖いですね」

なんだかとっても背中がぞくぞくする。

「……私は、君の鈍感さが怖いよ」

少将は呆れた声で、そう言ったあとで、小さく笑う。ただ、それだけで梓子の心も、花がほころぶような心地になった。その花が、どんな花なのかは、まだ、わからないままで。

参話 くもかくれ

■序■

定まった主(あるじ)のいる宮仕え女房の基本は、主の身の回りの世話である。この身の回りの世話の範囲には、訪問者の対応や取次ぎ、手紙の受け渡し、外出時のお供などもある。また、宮廷行事の参加と接待、禄(ろく)として渡す絹の手配なども女房の仕事に入る。歌が得意な者には歌の代作で声がかかり、書が得意であれば手紙の代筆をする。主が幼い場合には、乳母(めのと)でなくとも遊び相手になったり、各種作法を教えたりと養育係にもなる。そんな多忙な宮中の女房の中でも、特に多忙と噂の女房が、梅壺におわす左の女御に仕える女房の一人『藤袴小侍従』の女房名を賜る梓子である。

早く正確な筆で知られる彼女が、左の女御から与えられた主な仕事は、梅壺の記録係だ。これだけでは激務と聞こえないが、この記録の範囲が梅壺に関わる全ての記録を、一人で担当することになっているあたりが恐ろしい。女御本人の一日の記録はもちろん、先に挙げた女房の仕事の内容を梅壺に仕える女房の人数分記録しているからだ。そのため、女御の御前にだけいればいいわけではなく、同僚の女房がほかの殿舎に出向く時には筆と紙を手に付き添うこともある。

梓子が持つ『あやしの君』、『モノめづる君』の異称に従って、怪異と対峙する際には、日常の記録を別の女房に任せることもあるが、それで忙しさが緩和されるということはなく、モノ関連の記録に追われるのである。

一日の仕事の終わりには、当日の記録を記録用の紙にまとめながら書き写すという、これもまた時間のかかることをしているため、寝るのもほぼ常に誰よりも遅い。

その梓子が、ようやく筆を置くような深更になって、その訪問者は、局にやってきた。

「やあ、小侍従。今日の仕事は終わったかい？　お疲れさま」

右近少将である。

「そうおっしゃる少将様のほうが、いつにも増してお疲れですね？」

梓子は文机を離れると、少将と話すために御簾の端近まで膝行した。真夜中である、声量は極力抑えねば、隣の局で寝ている同僚を起こしてしまうからだ。

「お互い様じゃないかな？　小侍従も疲れているね。ずいぶんと力のない声をしている。梅壺の記録係は激務かい？　……それとも何か別の理由とか？」

問われた梓子は、迷うことなく答えた。

「別の理由ですね」

御簾の向こう、くつろいだ姿勢をしていた少将が身構えた。

「ほう？　それは君の後ろ盾として、どういうことか聞かないといけないね」

後ろ盾というが、血縁ではない。内侍所の主が決まっていない女房だった梓子を、左の女御に紹介したのが少将だったのだ。以来、彼は何かと梓子を気遣って、梓子の局まで様子を見に来てくれるのだ。

「少将様は、すでにご存じのことと思われますが、……梅壺には本がたくさんあるのです。柏殿から事前に聞いてはいたのですが、想像を超えておりました」

梓子は小さく感嘆の息を吐いた。左の女御は、左大臣の大君である。左大臣家には、ことあるごとに様々なところから本が贈られる。漢籍が多く、それらは左大臣の手元に置かれることが多いが、物語や絵巻物などは女御の手に渡る前提で贈られるものである。それらを左大臣が梅壺に運び込み、左の女御に献上している。これらは、女御が楽しんだ後に、女御に仕える女房も読むことを許されていた。

「それって……。君、まさか物語を読んでいて寝不足だとか言わないよね？」

呆れを含む声に、梓子は首を縦にも横にも振らずに、ただ傾けた。

「ん～、半分くらいはそうですね」

これは、いい。固まった首筋が伸びる。

「小侍従、君って人は……。ん？　残り半分は？」

呆れ声にため息が混じってからの踏み込んだ問いに、梓子は首の傾きを戻した。

「勉強ですよ。今後に備えて、歌をたくさん用意しておかないと、と思いまして。歌集はもちろん、歌合の記録、日記、物語……、女御様の管理下にある書物を、できる限りお借りしました。それらからこれと思う歌を拾い出して、ついには詠み人のわからない歌であっても言の葉に力を持っていそうなものも対象に入れて、まとめ直して……を繰り返しておりました。ただ、これが非常に時間のかかる作業で、つい寝不足に」

梓子がモノを縛るのを見たことがある少将だからこそ、この回答に納得してくれた。

「なるほどね。小侍従の縛りは準備が必須だけど、いつ必要になるかもわからないから、歌集めは後回しにすればいいとは言ってあげられないな」

少将の言うとおりで、梓子はモノを縛るのに我が身ひとつでできるわけではなく準備が必要になる。ハッキリ言ってしまえば、梓子自身には特別な能力は備わっていない。モノを視ることができるが、常の人との見分けがつかないし、視えるだけで何ができるわけでもない。梓子がモノを縛れるのは、そのために作られた特別な道具の使い方を知っているからだ。幼い頃に亡くなった母から受け継いだ草紙と筆、そして、歌徳を得るための和歌。これら三点が揃っていなければならない。手順を省略してもなんとかなるということはない。

「ただ、前から疑問なのだけど、和歌は君が作ったものでは駄目なのかい？」

「わたしごときの歌では、歌徳は得られませんよ」

幼くして母を亡くした梓子を養育した乳母の大江は、武家の生まれだった。歌は不得手で、それは大江の周辺も同じだったので、梓子も鍛えられてこなかった。

「それに、言の葉の力が保証されている有名な歌人の歌でさえ、使えるのは一度きりです。同じ鎖は再び使うことはできませんから。これ使えるかな？　なんてお試しで発動確認するとかもできないのですよ。だからといって、いざ使う時になって、歌徳を得られませんでした……というわけにはいきませんから、確実に歌徳を得られるような歌を用意しておかねばなりません」

少将は何度か頷くと、檜扇を広げて構える。

「いざとなれば、私が記憶から引き出そう。これでも、和歌の手ほどきは受けていて、有名どころの歌はかなりの数を覚えさせられたからね」

少将は、左大臣の猶子であるが、出自としては公家である。父は親王、母は一世の源氏の娘。母方の祖父は孫の教育に熱心だったそうで、彼はごく幼いころから詩歌管弦、蹴鞠に有識故実といった都の貴族の教養を叩き込まれてきたのだという。

「いざというときは頼らせてください。……それで、少将様はどうしていつも以上に寝不足なのですか？　回ってきた噂ですと、五条のあたりに熱心にお通いになっている相手がいらっしゃるとのことですが」

ちょうど今日、耳にしたばかりの少将の新しい噂の話を出してみると、少将にしては珍しく軽く流すことなく、声を低くした。

「こっちは昼も夜もずっと宮中で働いている。内裏を出ることはあっても大内裏を出る余裕はほとんどない。五条に足しげく通う時間なんて、どこにあるのやら。……まあ、宮中の噂のいいかげんさは、今に始まったことではないけれどね」

やや投げやりな口調が、普段は穏やかな少将らしくない。

「本格的にお疲れなのですね」

梓子は少将がくつろげるように円座を御簾の下から差し出した。

「純粋に仕事が回っていないからね。……実は、上官が出仕してきていないんだ」

円座を受け取った少将は、御簾の向こう側で、柱にぐったりともたれて呟いた。

少将のモノによる寝不足は、眠りが浅くまとまった睡眠をとれないことにある。だが、今回は忙しくて眠ることができないようだ。

「出仕されていない？　……三日三晩くらい経ったら出てくるんじゃないですか？」

つい、そんな言葉が出る。

「……『あかずや』は、もう君が縛ったじゃないか」

少将が拗ねた口調に変わる。確か四歳ほど年が上のはずだが、なんとも可愛らしいことをおっしゃる。梓子は手にしていた檜扇を開いて、緩んでしまった口元を隠した。

「それもそうですね」

うまく隠せたのか、気づいていてこの話題の方向性を変えようとしたのか、少将はさらに出仕してこない上官の話を続けた。

「その『あかずや』の件があるから、宮中も、なんとなく『どうせ数日もしたら参内してくるだろう』という緩い空気が漂っているよ。目の前でアレが縛られるのを見た身としては、違うとわかっているのだけれど、触穢を問われるから強く主張もしにくい。下手に陰陽寮の者を呼ばれでもしたら、この身の穢がバレてしまう。そうなっては、出仕停止を免れないだろうね。人手が足りないのを訴えて、人手を減らしては本末転倒だ」

今日も今日とて、少将の周囲には黒い靄が薄くかかっている。

これを物の怪祓いを得意とする仏僧や陰陽師が見たら、たしかに出仕自体を止められるかもしれない。

そうなると、少将ではない誰かが、上官不在の件を怪しんで、声を上げるというのが一番いいだろう。

「周囲も多少怪しんだりしていないんですか？」

「右中将様は、そもそもまじめに出仕する方でもなかったから、誰も不安に思わないという感じなんだよ。そのせいもあって、本格的に仕事が回らないというわけでもない。じんわりと日々の負担が重くなってきているという状況だね」

それは、残念な上官だ。だが、それでも少将は引っ掛かるということか。

「少将様は不安に思っていらっしゃるのですね？」

「ああ、おおいに不安だね。……君といることで、過去二回怪異の出現に居合わせた。そのせいか、あるいは自分も憑かれやすい体質だからわかるのかは定かではないけど、宮中に、なんとなく出るニオイが漂っている気がするんだよ」

「ニオイですか。……たしか、『つきかけ』の骸骨も、ニオイの話をしていましたね。わたしが『視える』ように、少将様は怪異をニオイで感じていらっしゃるということですか」

思わず梓子は御簾に触れるぐらい前に出ていた。モノの感じ方は人それぞれだ。視える、聞こえる、ぞわぞわすると肌に触れる瘴気で感じる者もいる。ならば、ニオイで感じることもあるだろう。まして、そもそも物の怪を寄せやすい体質の少将が言うのだから、かなり確実にモノの存在を感じ取っているはずだ。

「本当に怪異だったとすると、出仕してくるまで待てばいいというのは危険ですね。モノによっては、手遅れということもなくはないかと」

梓子は御簾に寄ったことで、さらに小声で少将に懸念を告げた。

「良くない考えだけど、普段からきっちり出仕して宿直もこなしているような生真面目な殿上人が、突然来ないとかで騒ぎになれば、ちょっとは宮中の空気感も変わるかもしれないのだけれどね。なかなか参内しないとか、公事に出てこないとかは、わりといるから、誰も問題視しないのも仕方のないことではあるけど……」

少将は少将で、梓子がニオイでモノを感じることを肯定したために、上官の身の不安も強くしたようだ。

「そうなのですか。少将様は、ほぼ毎日のように梅壺にいらしておいでですから、殿上人の方々は、皆様そういうものなのだと思っていました」

誰かが出仕してこないとしても、それほど騒ぎにならないことに、梓子は驚いた。

「先の『あかずや』のように、宮中でも最重要行事に出てこないとなると、さすがに問題になるよ。でも、帝がお出ましにならない公事では、面倒がって人が集まらないことは、ままあるよ。……小侍従は表に出ることがないから、あまり知らないだろうけど」

表というのは、政の場を言い、具体的な場所としては帝の御前に上達部が集う清涼殿のことである。

「ある公事では、公卿が一人も出てこなくて延期にしたことがあると、左大臣様がおっしゃっていたよ」

左大臣はそれをしっかり日記に記録して、後々の評定の参考としているそうだ。だが、そういう左大臣も政治的な理由により行事の不参加を何度かしていると聞いたことがある。無論、表向きは病悩や物忌み、夢見の問題としているそうだが。

「そうなると、もう怪異との判別がつきませんね。……少将様も公事行事があるのに出てこなかったこととかあるんですか」

怪異か怠惰かを判別する参考にできたらという程度の興味から聞いた話だったが、返事は予想外に重いものだった。

「出家してから、都に戻されるまでの間ぐらいかな」

今となっては、当代一の色好みで知られる少将だが、かつて一度、出家を志して寺の門をくぐることまでしている。

「そうでした。少将様には、公事行事の不参加どころか、都を離れようとした過去がおありでしたね」

その後、左大臣の説得により……というより、帝の『ならば私も出家する』という脅しにより、都に戻ってきたのだ。

「都に戻ってからは物忌みでもない限り決まり通り出仕しているよ。……私の場合、二日も出仕しないと、身に覚えのない通い先が増えるんだ。実のない噂で誤解されて、矢を射かけられてはかなわないからね」

少将は皮肉強めに小さく笑うが、梓子としては笑えない。

「それは冗談になりませんからね」

先帝と内大臣の間に実際にあった事件だ。内大臣が通っていた女性の屋敷に入っていく先帝（当時すでに退位後の『先帝』ではあった）を目撃し、内大臣は自分が通っている女性にちょっかいを出されたのだと憤り、あろうことか先帝に矢を射かけたのだ。だが、先帝が通っていた女性は同じ屋敷の別の対屋に住む、内大臣が通う女性の姉妹だったのである。この件は、宮中に留まらず都中を大いに騒がせた。事態を重く見た今上帝は内大臣を、都から遠く離れた地へと左遷された。

ただ、この事件は後に、氏族の長を巡る政治的な問題として処理された。先帝は当代の左大臣と懇意にしていて、事件の前年、それまでの氏族の長が亡くなった際に、息子である内大臣（当時も内大臣）でなく、弟の左大臣（当時はまだ権大納言だった）が氏族の長を継ぐことになったのだ。これに先帝が関与していたという噂があり、そのことへの抗議であった……という話になったらしい。氏族の問題に、口を出した先帝にも責があるということで、宮中の風向きにも変化が生じた。

事件から一年で左遷された内大臣は都に戻された。その後、少し時をおいて参内も許され、今では再び内大臣にまでなっているので、宮中でも事件はすでに終わったこととして扱われ、話題にすることも避けられている。

だが、帝はいまでも内大臣を警戒して、かねてから提案されている内大臣の三の姫の入内を先延ばしにしているという話がある。

「いや、冗談だよ。小侍従相手だから口にしてみただけだ。ほかでは言わないさ。養父上にもご迷惑をおかけすることになるからね。今回の件も、あまり養父上のお手を煩わせたくないから、内々に処理できるのが理想なんだけど……。ん～、ニオイをたどるというのは、簡単にできるものなのかな」

少将の思い付きを、梓子はすぐに否定した。

「危険すぎます。視るのと違って、どのくらい近いのか、わからないじゃないですか。もし、『つきかけ』の骸骨がまとっていた黒い靄がニオイの範囲だったとしたら、少将様がニオイを感じた時には、もう目の前ですからね」

近衛府は職種としては武官だが、少将は公家の出身なので、武家出身の者に比べたら膂力に欠ける。梓子にしても女房装束で立ち回りは無理だ。二人して、モノと直接戦うことは不可能なのだ。二人で協力してできることは、適切な距離から縛ることだけだ。

「少将様、柏殿に噂を流してもらうのはどうでしょう。後宮の噂はすぐに宮中に広まりますから、出仕されていないのは怪しいことだ……というだけで、不安を生じさせることはできるでしょうから」

自分たちでできることを少し考えて、梓子はそれを提案してみた。

「柏殿を噂話集めでなく、噂の拡散に使うわけか。それは、いい手だね。……では、今回は、噂話を仕入れてから動くのでなく、噂話になる前に動き始めるとしよう」

少将が手にした檜扇(ひおうぎ)を閉じるのを見て、梓子は御簾(みす)越しに大きく頷(うなず)いた。

■　一　■

二人で決めた方針だったが、半日と経たずに方針を変えざるを得なくなった。

午前の御勤めを終えた左大臣が梅壺を訪れたのだ。

「おお、ちょうどいいところにいるではないか、藤袴。そなたからも意見を聞きたい」

記録係である以上、ほぼほぼ女御の傍らにいるわけだが、今日に限っては、左大臣にとって、ちょうどいい場所にいるようだ。

「左中将がどうにも見当たらないのだ」

左中将は、左近衛府に所属する中将のことをいう。当代の左中将は、左大臣家の次男で、左の女御の異母弟である。

飼っている犬が見当たらないんだけど……くらいの調子で、困ったように言う左大臣だったが、すでに少将との話を報告している梅壺側は空気がピリッとした。だが、少しぐらい場の空気が変わったところで何とも思わない左大臣は、そのまま話を続けた。

「親の私が言うのもなんだが、アレは通う女がいたとしても出仕をおろそかにする性分ではないんだ。朝議を終えて、周囲にも尋ねてみたのだが、誰もここ数日見ていないということだった……。どう思う？」

梓子に対して、左大臣は直接問う。

「お話を伺うに、左中将様は、よもや『普段からきっちり出仕なさる生真面目な殿上人』なのでしょうか？」

少将が言うところの、宮中の空気感を変える存在かもしれない。梓子は、どの程度危機感を持っているのか、左大臣に確認してみた。

「どのへんが『よもや』なのかはわからんが、不真面目ではないな。義理堅いところもあるから、周囲の者に迷惑をかけるようなことは嫌う。誰にも言わずに、出仕しないというのは、あまりに『らしくない』んだ」

思っていた生真面目な人が突然出仕してこなくて……とは、少し違うようだが、周囲が怪しげだと思うのであれば、それで十分だ。

「まさか、若君が失踪なんて……！」

梓子とは逆側で女御の傍らに控えていた萩野が、檜扇を開き、顔を隠して嘆いた。

「えぇ？　失踪？　いやいや、アレは一人で思い煩う性質ではないから、誰にも告げずに失踪するとは考えにくいだろう」

左大臣が慌てて否定すれば、萩野が檜扇の裏で梓子に視線を送ってくる。梓子は萩野にだけわかる程度に小さく頷いた。

「……であれば、モノにより身を隠された可能性がございます」

萩野の狙いの後を継いで梓子が言えば、最後は女御がまとめた。

「なんと恐ろしいこと。宮中に人攫(ひとさら)いをするモノが潜んでいるのですね。主上の御身に何事かあってはいけません。……父上、ほかにも怪しき例がないか、あれば共通することはなにか、宮中をご確認いただくのがよろしいかと存じます」

女性陣三人の意見を聞き、左大臣は勢いよく清涼殿へと戻っていく。いまの宮中で最高位の臣下である左大臣が動けば、宮中ののんびりした空気も危機感を伴ったものに変わるはずだ。

「表で左大臣様が動かれれば、少将様がうまく警戒するように導いてくださるでしょう。わたしはこれ以上消える方が増える前に、モノを縛れるよう準備いたします」

女御は、梓子に頷いて了承の意を示すと、柏を呼んだ。

「柏。表が動けば、すぐに後宮内でも噂が飛び交うでしょう。うまく有用な話を拾ってきなさい」

「畏(かしこ)まりました」

柏に噂を広めてもらうまでもなかった。梓子としては、方針変更について少将と話をしたいところだが、表が動き出せば、少将も状況把握のために近衛府の仕事に駆り出されるだろう。

「左中将は、腹違いとはいえ弟。どうしているか心配です。まして、モノに隠されたのだとしたら……」

女御がゆるゆると脇息（きょうそく）にもたれる。左大臣には妻として遇している女性が二人いて、今回行方不明になっている左中将は、女御にとって、弟は弟でも異母弟にあたる。

つい先日から梅壺に仕えるようになって、まだ日が浅い梓子は、お姿を拝見したことがない。同僚の女房たちに話を聞いてみると、異母弟ではあるが、わりと頻繁に女御のもとに顔を出し、姉弟（きょうだい）の仲は悪くないという。明るく気さくな人柄で知られ、顔立ちは左大臣によく似た男ぶりで、宮中の女性たちからも人気がある。

「少将殿には大変申し訳ないですが、左中将様の件、宮中をさぞや騒がせる話になるでしょう」

萩野が悩まし気に言う。右近衛府でも一人、行方不明になっている方が居るわけだが、モノの仕業かもしれないとなっても騒がれるのは、おそらく左中将のほうばかりとなるだろう。そうなると、左中将の不在を埋めるための手が差し伸べられることはあっても、右近衛府の激務改善は果たされないのではないだろうか。助けるにしても世間受けがいいほうが選ばれる。世知辛いのが宮中という場所だ。

「そうですね。少将様がお倒れになる前に、なんとかしないと」

萩野に同意を示しつつ、梓子が自身に気合を入れているのは、すぐ近くにいた左の女御の耳にだけ届いたようだ。脇息にもたれていた女御は、少しだけ身を起こすと、梓子のほうを見て、微笑んだ。

「愛らしいこと」

言われて熱くなった頰をまだ乾かぬ墨のついた手で覆い、梓子が赤くなった頰を黒くしてしまったことに、女御が珍しく声に出して笑った。

■　二　■

少将が梓子を訪ねてきたのは、左大臣が梅壺を飛び出していった日の夕刻だった。

「噂を広めるまでもなかったね。左中将様の件で、すでに宮中は大騒ぎだよ。もう右近衛府まで話が届いて、右中将様の件も調べが始まった。さすが養父上だね」

左大臣が動き始めたということは、失踪者の情報を事件性がある前提で集め始めたということでもある。モノとのかかわりを調べるのに最も重要な『最後に目撃されたのは、いつ、どこでか』という情報も、当然集まってきているはずだ。

「それでは、左右近衛府の中将様が最後に目撃されたのは、いつでしたか？」

「左中将様は、三日前に左近衛府を出るところを見た者が居るそうだ」

思ったより集まっていなかった。自身が所属する部署を出たところでは手掛かりにならない、誰かと会っていたとか、どこかに入っていったとか、そういう情報がほしかったのだが。梓子は微妙な顔になった。だが、その顔のまま、あることに気づいて、積み上げた記録を手に取る。

「お待ちください。……三日前、左中将様は後宮でも目撃されています。……柏殿がどこかの殿舎で拾ってきた話がありました。たしか、こちらは夕刻でした。近衛府を出た後になにかしらの御用事があって、内裏にいらしたのかもしれませんね」

ありそうなのは、それこそ姉女御のところに顔を出すという用事なのだが、その日、左中将は梅壺には来ていない。

「ありました。柏殿のお話ですと、承香殿(しょうきょうでん)の前を東に向かう姿が目撃されています。目撃したのは、弘徽殿(こきでん)に仕える女房で、温明殿(うんめいでん)に向かっているのだと思ったそうです」

記録を御簾(みす)の下から少将に差し出す。

「さすが、梅壺。さっそく後宮内での情報を集めていたわけか。承香殿の前を東……。待って、小侍従。うちの中将様が最後に目撃されたのは、五日前、内侍所のある温明殿の前を西に向かう姿だ」

そうであれば、右中将が最後に目撃されたのも内裏になる。

「それは、お二人とも内裏で姿が消えたということでしょうか?」

少将が、梓子から受け取った記録を見つめながら、檜扇(ひおうぎ)で簀子(すのこ)の板をコツコツと叩(たた)く。

梓子は、少将が記録を読みやすいように、灯台を御簾の端近に寄せた。

「左右中将の二人に関しては、内裏で消えたことになりそうだね」

少将の呟きに、梓子は首を傾げた。

「二人に関しては、と申しますと？」

「回ってきている話では、左近少将と侍従の一人も行方が分からないようだ。ただ、こちらは、まだ目撃例とかの話は入って来ていないので、なんとも……」

全員が同じモノに遭遇しているとしたら、すでに四人の犠牲者が出ていることになる。

「これは、急ぎ対処しなければいけませんね」

「そうだね。……内裏で目撃された二つの話を合わせると、怪しいのは、承香殿より東にあって、温明殿の西にある綾綺殿という話になるかな」

綾綺殿は、後宮の七殿五舎には含まれていない。内裏での建物の位置は、承香殿の東南、仁寿殿の東にあり、温明殿の西にある。

「今回の件は、急いだほうがいい気がする。いまからでも綾綺殿に行ってみよう」

梓子に問うことなく、少将が立ち上がる。

「ニオイを嗅ぎにいくんですか？」

素早い行動に、一人で綾綺殿に行くつもりかと思いそう問えば、少将が御簾を上げ、梓子に出てくるように促した。

「君の目に視えるモノであれば、その必要はないのだけれど？」

ニオイに頼るのは危険だ。少将だけを行かせるわけにはいかない。梓子は御簾の外に出ると、手にした扇を広げて顔を隠した。

「行きましょう。視るのも嗅ぐのも、その場に行かなきゃ無理なんですから」

少将が簀子を行く足を止める。

「そのへんが弱いよね。陰陽師のように卜占とか式神でも使えたら、離れていても見えることがあるのだろうけど、我々はこの身一つで向かうよりないから」

言われて慌てて局に引き返す。

「……身一つでは危険すぎるので、草紙と筆を持っていきます」

危険なモノがそこにあるか否かを確かめに行くわけだが、相手が視えるモノでなく、ニオイの範囲も狭かった場合には、最悪、二人そろって左中将と同じく消えることになるかもしれない。

「条件がひとつもわからないので、綾綺殿についてすぐにでも縛ることになったとしたら、とてもじゃないですけど歌がひねり出せません。少将様の和歌の知識を頼りにしておりますよ」

草紙を帖紙と一緒に懐に押し込み、硯箱に筆が入っていることを確認してから、再び局を出た。

「……ねえ、小侍従。私は毎日のように梅壺にご挨拶に伺っているよね？」

梓子を待っていた少将が、梓子の手から硯箱を取り上げ、そんなことを口にした。梓子が扇を広げて歩けるようにしてくれたのだ。ありがたく、一度は閉じた檜扇を広げて顔を隠してから応じた。

「ええ、存じておりますよ」

少将が律義に紹介者責任を果たしてくれていることを、梓子もわかっている。

「今回の件に限らず、私が梅壺に顔を出さない日があったなら、すぐにでも私を捜してくれるかい？　ことモノに関しては、なにがあってもおかしくない身なのでね」

梓子の硯箱を手に簀子を進む少将は、少し俯いていた。差し込む月明かりに、美しい横顔が浮かび上がる。だが、少しばかり風の強い夜で、すぐに雲間に月が消え、少将のその身にまとう黒い靄が、夜の闇に溶け込んで姿が消えてしまいそうに見えた。

「もちろん、すぐにお捜しします。……ただ、少将様のお姿が見えないと騒ぐと、また身に覚えのない通い先の噂が増えてしまいそうですよね」

小さく唸る梓子を、少将が喉を鳴らして笑った。

「いまさらその手の噂がひとつふたつ増えたところで、気にすることではないね」

お互いに噂まみれの身だ。だが、同じ時を過ごすほどに、それらの噂には、実がないことだと、お互いに知っている。これ以上、わかっていないふりをして、からかうのは不誠実だ。

「わかりました。すぐにお捜しします。……そして、絶対にモノを縛って、少将様にはまた俗世の些事に戻ってもらいますね」

約束するべきは、これからも変わらずにあることだと思い、そう答えた。

「約束だよ」

顔を上げた少将を、再び雲間から出てきた月の光が照らした。微笑みが輝いて見えるのは、月明かりの眩しさ故だと、梓子は改めて扇で顔を隠した。

■　三　■

綾綺殿は南北に細長い建物で、東西に廂がある。内宴（正月に帝の主催で行われる宴会）の会場として使われる場所だが、納殿の側面もある。納殿とは、歴代の御物を納めておく殿舎で、内裏では、綾綺殿だけでなく、校書殿や宜陽殿、後涼殿なども納殿の役割を持っている。

殿舎丸ごと納殿になっているというわけではなく、大きな塗籠があって、そこに御物が納められていた。特に綾綺殿では恒例行事に使われる御物が納められていて、大きな箱も小さな箱も入り交じった状態になっていた。

「いかにも怪しいモノが潜んでいそうな場所ではあるね」

御物は、皇室の所有物で、それだけでも貴き物の集まりであり、大陸からの舶来物や数代前の帝の御代から伝わる品々も多い。中には銘を持ち、その由来に不思議な話がついてくる物もある。『あかずや』の琵琶も、モノが抜けた後に『未明』の銘をつけられて、今では御物のひとつとして、納殿のどこかにあるはずだ。

「怪異話の定番ではありますよね。塗籠に置き去りにされた何かが、思うところあって現れる……というところですか」

梓子は、局から持参した灯台を置くと、その周辺を見回しながら、少将に応じた。

「思うところ、という話だけど、今回のモノは何をしようとしているのだろう？」

問われて、少し考えてみる。

『あかずや』は、ほかの女性のもとに通う夫を、自分のところに留めておきたい、誰が正妻であるかを思い出させたいと願う正妻格の女性の心に呼応したモノだった。『つきかけ』は、双六勝負を仕掛けてくる亡霊の、勝つことに固執しているかに見せて、その実は己の運のなさを幾度も確かめて、生前の不遇に納得したかった想いに呼応したモノだった。

「今回は、人が消えているから、『あかずや』のように、なにか理由があって人を隠しているのかな。ただ、自分で言うのもなんだけど……、『あかずや』と違って、消えたのが少将や侍従、中将とは半端な印象だ。近衛府の右も左も関係なしというのも雑だ。そういう雑な相手の選び方は『つきかけ』に近い気もするね。どちらに近いのかな？」

人がモノを宿す何かを使っているか、人がモノそのものになっているか。それによって、モノの目的は違ってくる。前者は人に強く願うことがあり、その実現のためにモノを使うのだ。後者は復讐や強奪（生きた肉体という器を得て現世に戻ることも含む）のためモノとしての能力を発揮する。特に後者の場合、怪異が発生した時点で目的が達成されていることもある。

モノの目的を知ることは、梓子がモノを縛る上で、とても重要である。それを知ることで、怪異に遭遇する条件も見えてくるからだ。

「まだモノが動く条件が見えていません。左中将様のことがあり、改めて調べた出仕していない方は、左中将様を含め四名おられます。ですが、殿方であり殿上人であること以外は役職も違うので、これといって……」

左近少将、侍従、右中将、左中将の順で、行方がわからなくなっている。

「桔梗殿は『まるで物語の主人公として出てきそうな公達ばかりね』と、おっしゃっていました。たしかに、殿上人の中でも女房の間で人気が高く、若く家柄も良く、容姿端麗で知られる方々ばかりですが……」

桔梗とは、梓子と同じく左の女御に仕える女房の一人だ。

「なるほど、桔梗殿がいうことも納得できるね。でも、小侍従は納得がいっていないようだ。なにか気になるところがあるの？」

少将の指摘に、梓子は素直に思うところを口にした。

「だって、桔梗殿が言うとおりなら、一番に居なくなっているのは、少将様じゃないとおかしいです！」

当然の主張のつもりだったが、少将本人は首を傾げている。

「……小侍従が、納得できないのは、そこなの？　お姿の見えない方々と私を並べて、その中で一番だと思っているの？」

梓子の顔を見つめ、答えを待っている少将に、梓子は大きく頷いて見せた。

「そりゃそうですよ。少将様といえば、当代一の色好みと噂される方じゃないですか。これは『伊勢物語』でいえば、主人公の『昔男』とされている在原業平様ですよね？　もう『物語の主人公として出てきそうな公達』を超えて、『物語の主人公として出てくる公達』の代表ですよ」

だが、梓子の力説に対して、少将は大きく視線を外した。

「ああ、うん。君個人の見解ではないと。……わかっていた。小侍従の言うことは、期待を七割くらい差し引かないといけないって」

「期待って、なんの期待ですか？」

ため息交じりの呟きに引っ掛かりを感じて問いかけるも、少将は首を振る。

「なんでもないよ。……ところで、小侍従。考えたのだけれど、モノが宮中を移動している可能性はないかい？」

話題がモノの話に戻り、梓子も頭を切り替える。

「ありえます。先例として『あかずや』を思い出していただければ。モノが宿るなにかを生きた人間が運んでいると考えれば、移動してもおかしくないです」

なにかをきっかけに、元々あった場所から綾綺殿に移動させた可能性がある。

「うん、私もそう思う。例のニオイがするって話なんだけど、モノの移動に伴ってニオイも宮中を移動しているような印象を受ける。……だとしたら、人が一人でも運べる程度の大きさの箱に絞って捜したほうがいい」

それは、当たりを付けるだけなら、特別な目も鼻もいらないという提案だった。

「わかりました。当たりを付けてから、慎重に近づくことにしましょう。あと、事象が発生してからの移動であるなら、元々ある箱を動かしてまで置かないでしょうから、出入り口付近か、あるいは警戒して、できるだけ奥の空いている場所に置いたかの二つに一つではないでしょうか？」

移動してきたモノをいつまでも綾綺殿においておけるとは思っていないはずだ。そう考えると、持ち込んだ本人にとって、次に持ち出す時にわかりやすい場所に置いただろうと推察される。

「なるほど。半端な位置でなく、手前か奥か、だね。では、私は奥を見てこよう。なんとなく奥のほうから例のニオイがしている気がする。奥になるほど、暗くて君の目に視える物が少なくなるだろうから、そのほうが……」

言いながら、少将が塗籠の奥へと入っていった。梓子は、彼の提案に従い出入り口に近いあたりを捜そうと、半ばまで入った塗籠を出入り口のほうへ戻る。

「待って、急にニオイが。小侍従、これは逃げたほうがい――！」

ふつりと言葉が途切れた。

「少将様……？」

振り返ると、誰も居なかった。塗籠の奥に灯りはなく、黒々とした空間が見えるだけだ。薄暗い時間、暗い場所で黒い靄は見えにくい。手にした灯台で照らす範囲では、塗籠の中の暗さ以上の何かは視えない。

「少将様、どこに……？」

奥に向かって問いかけるも、答える声はない。この場に、誰かがいるようでいて、誰もいない。床になにか痕跡はないか、そう思って灯台の火を手にした紙燭に移して、低い位置を照らす。

「これは……」

少将の檜扇が閉じられた状態で落ちていた。それを拾い上げて、改めて周辺を見るもなにもない。だが、檜扇がここに落ちていた以上、少将がこの場に居て、この場で消えたと考えられる。

どうして消えたのか。なにが起きたのか。それらが問うまでもないことだと、梓子もわかっている。認めたくないが、認めざるを得ない。これで証明された。一連の出来事は、失踪でなく、モノによる消し去りだ。そのモノが少将も……。

「この近くに、少将様を襲ったモノがいる？」

少将は、直前なんと言っていた？　たしか、『急にニオイが』と言っていた。急にニオイが近づいたということは、やはりニオイが移動している。

移動しているということは……。

「……やはり、誰かがそれを持ち運んでいる」

梓子は確信すると同時に、緊張からごくりと唾を飲んだ。少将を襲ったモノを持った誰かが同じ塗籠に居る。次は自分がモノに襲われるかもしれない。指先から冷たくなる。怖い。この薄暗い塗籠のどこかに、自分の様子をじっと窺う何者かが潜んでいるのだ。

「落ち着かないと……。わたしまでやられたら、誰が少将様をお助けできるの？」

呟きでそれを自分に言い聞かせ、梓子は周囲の気配に神経を研ぎ澄ました。

だが、何者かが近づいてくる気配はない。少将を一瞬で消し去るほどの強力なモノを持っていながら、なぜ仕掛けてこないのか。なにか梓子相手では仕掛けられない理由があるのだろうか。

仕掛けられないのならば、モノを持つ何者かは、きっと綾綺殿からの移動を考えているはずだ。だとしたら、目指すは出入り口。塗籠は構造上、扉ひとつしか出入りできるところがないからだ。梓子は少しずつ後ろに下がり、塗籠の出入り口へ向かった。

いまなら、少将が消えた場所よりも奥にいただろう人物に比べ、梓子のほうが出入り口に近い。急ぎ塗籠の扉を出て、すぐその横に身を隠し、そっと中の様子を窺う。生きた人間であれば、どれほど気を付けても床を進む衣擦れの音がするはずである。

梓子は、ひたすら耳を澄ました。

だが、望んだ衣擦れの音は、梓子の背後、塗籠の外から聞こえてきた。

まさか、すでに塗籠の外に出ていて、しかも、梓子もモノに襲わせるつもりか。慌てて振り向いた視線の先、十名弱の女房たちが梓子を睨み据えてにじり寄ってきた。

「ちょっと、貴女。先ほどまで右近少将様とご一緒だったわよね。少将様は、どちらにいらっしゃるのかしら？」

冷静に考えたいときに限って、こういう相手に遭遇してしまうものらしい。

おそらく少し離れて少将を観察する女性たちの一部だろう。

「……わたしにもわかりません」

こういう時、本当のことを答えても納得されないことが多いのは、梓子もわかっている。だが、そう答えるよりない。本当に少将の居所はわからないのだから。

「嘘おっしゃい！　貴女、少将様を独り占めして、なにをなさる気なの？」

きつい口調で言われるも、なにを責められているのかわからず、梓子は首を傾げた。

「塗籠に押し込んだんでしょう？　いますぐ、あの方を解放なさい！」

どこをどう見たら、梓子が少将を押し込んだように見えたのだろうか。むしろ、少将のほうが塗籠の中を確認することに積極的だったのだが。

「そんなことしていません。……そもそも殿方を無理やり塗籠に押しこむ力なんて、わたしにはありません。皆様だって、そうではありませんか？」

梓子としては、わかりきったことを口にしたつもりだったが、女房たちもまたわかりきったことだと言いたげな表情で反論してきた。

「物の怪にやらせたのでしょう？『物の怪憑きの小侍従』ですもの」

物の怪憑きは少将のほうだが、いまはそれを言うときではないことはわかっている。

「あいにくと、物の怪憑きでも物の怪使いでもありません。物の怪憑きが宮中で宮仕えなどしていられるわけがありませんし、モノを使役するなんて能力を持っているのであれば、この囲まれた状況をどうにかしていると思いますよ」

この塗籠は危険だ。本当にモノを使う人物が、まだ中にいる可能性があるのだ、誰も近づけるべきではない。そう思って出入り口の前に立っていたのに、梓子は女房たちに囲まれ、無理やり横に押しやられる。

「いいから、そこをお退きなさい！」

「危ないです、下がって！」

言っても誰一人梓子の言葉を聞かぬまま、集団で塗籠の中へと入っていく。

「……いないじゃないの？」

「少将様をどこにやったのよ？」

少なくとも少将がいないことは、梓子だって知っている。

「それは、わたしのほうが聞きたいです」

女房たちがそれぞれに持っている紙燭の小さな灯が、暗い塗籠の中をポッポッと照らす。灯りの広がり方から言って、塗籠の中を手分けして隅々まで見たようだ。この手の方々というのは、なぜこれほど連携の手際が良いものなのだろうか。あと、妄想が集団で爆走しやすいところも共通している。

「まさか、少将様は貴女に寄ってきた物の怪の犠牲に……！」

さっそくとんでもないことを言い出してくれた。

「なぜ、わたしに物の怪が寄ってくるんですか？」

決めつけてくる相手に、一応反論しておく。反論しなければしないで、肯定したとみなされては、さらに話がややこしくなってしまう。

「物の怪が寄ってくるなんて貴女ぐらいじゃない」

実情は、少将のほうがはるかにモノを寄せやすい体質であり、寄せるどころか常時憑いている状態なのだ。

梓子はモノが視えるし、一部の会話可能な物の怪とは挨拶を交わしたこともある。だが、モノは梓子に寄ってこない。一定の距離を置かれている。もしかすると、草紙や筆の存在を感じ取っているのかもしれない。仏僧や陰陽師ほどの強い力こそないが、モノを縛る側の人間だ。モノの間でも、噂が回り、忌避されているのではないだろうか。

そう考えれば、今回、少将のほうが消えてしまったのは、予想できたことだった。

「……わたしだって代われるものなら代わりたかったですよ」

呟いた時、近くで何かが動いた。視えたわけではないし、梓子にはやはりニオイはわからない。でも、この女房たちの囲みのどこかで何かが動いたのを感じたのだ。

「皆さん、なにかが来ます！」

梓子は立ち上がり、その場の女房たちを塗籠から離そうとした。

そこに本当に来た。ただしそれは、梓子の良く知る声の持ち主だった。

「なんの騒ぎです。殿方もお通りになる廊下にまで響くような声でしたよ。そのように立ち上がって大きな声を出すなど、はしたないと思わないのですか！」

「萩野様……」

左の女御に仕える女房の統括役である萩野だった。これには、梓子を囲んでいた女房たちがいっせいに数歩下がり、慌てて檜扇を広げて顔を隠す。

萩野の正式な女房名は、萩野大納言。その名が示すように、夫が現役の大納言である上臈(じょうろう)の女房なのだ。上臈の女房は、各殿舎に一人か二人しかおらず、しかも必ずその殿舎の女房を統括する役割を担っている。仕える殿舎が違おうとも、この状況で萩野に顔と名前を憶(おぼ)えられたくはないのだろう。

「藤袴、行きますよ。左の女御様がお呼びです。……貴女は女御様の記録係なのです。傍らに控えていなさい」

そういう萩野は、雑事で後宮内を歩き回っている女房たちとは立場が違うはずなのだが、なぜこんなところに。

ふと、少将の言葉を思い出す。『柏が後宮のどこに居ても、萩野が回収に来る』と。梓子のことも、どこにいるのか把握していたということか。若干、怖い。

「左の女御様の……？」

扇で顔を隠した女房たちの誰かが、そう確認してきた。

「この者は『藤袴小侍従』。左の女御様にお仕えする女房の一人ですが、なにかございましたか？」

萩野が梓子の正式な女房名を口にしたことで、その場の女房たちは、さらに数歩、梓子の前から下がった。

個別の女房名を持つ者は、宮仕えの年数の長短に拘わらず、個別の名を持たない女房より格上の扱いになる。宮の主の庇護下にあり、宮の主の後ろ盾になっている人物の庇護下にもある。梓子の場合で言えば、左の女御の庇護下にあり、左の女御の後ろ盾である左大臣の庇護下にもあることになるので、梓子を咎めることは、庇護する二人に文句を言っているのと同義になってしまうのだ。

女房たちは、現れた時の勢いを失い、皆、扇で顔を隠して無言の状態だ。

「……なにもないようですね。行きますよ、藤袴」

「……はい、萩野様」

少将のことを考えると、本音はこの場を離れたくない。だが、すぐにこの場でなにをどうすればいいのかわからない以上、一旦下がって方法を考えなくてはならない。

冷静になれ、冷静になって……必ず少将を救い出す手立てを見つけるのだ。

梓子は、手にした少将の檜扇を握りしめた。

■四■

夜も遅い時間になっていたが、梅壺では、左の女御はもちろん、仕える女房たちも皆起きて、御前に控えていた。

「申し訳ございません。……少将様がモノの被害に遭われました」

御前に深々と首を垂れた梓子に、左の女御が問いかける。

「藤袴、貴女は無事ね？」

含みがないとわかっていても、自分だけが無事であることに、胸が痛む。

「はい。……おそらくですが、今回のモノは殿方だけを襲います。少将様のお姿が見えなくなった後で、場には多くの女房がおりましたが、誰も被害には遭っておりません」

だが、それだけでは説明がつかない。怪異に遭遇する条件全体がまだ見えてこない。

もう一点わかっているのは、場に一人でなくても発動することだが、これだって、男性が複数いた場合にはどうなるのかはわからない。一人ずつ消えるのか、複数いっぺんに消えるのか、別の条件との兼ね合いで消える者と消えない者が出てくるのか。

「わたしには、なにも視えませんでした。申し訳ございません」

モノも、条件も、なにひとつ。

梓子は顔を上げることなどできなかった。周囲も、その場をどう終わらせればいいのか戸惑っている気配がする。

静まり返った場に、足音がした。

「晶子、いるね？　入るよ」

いまとなっては、父母である左大臣とその北の方さえも、女御の名を口にすることはない、それを許されているのは、今上帝ただ一人だ。

　これには梓子も、ほかの女房たちも慌てて動く。急ぎ御簾を上げて帝を迎えたうえで、女御の御前を下がり、女房それぞれの序列に従って控える位置へと調整した。

「荒れておられますね。ですが、せめて帝としての威儀を整えなさいませ」

　左の女御が厳しい口調で返す。本来は内裏の中であっても帝には護衛や女房が付いて回る。だが『つきかけ』と同じく、今回も帝は一人で梅壺までいらしたようだ。

「この前と同じ、私は『私』としてきたんだ。『朕』の護衛も世話役も不要だよ。それで、現状なにがどうなっているの？」

　苛立った口調のまま、誰の許可を取るでもなく、帝は高麗縁に座していた女御の横に腰を下ろした。

「光影は生きているのか？」

　今上帝は、めったに口にしない少将の名を出して梓子に問う。臣下の無事でなく、友人の無事を確認しているのだ。

「おそらく」

　答えるべきは自分しかいない。梓子は、ほかの女房と同様に平伏したまま答えた。

「頼りないね」

　厳しい声に、身がすくむ。

「そうおっしゃるものではありません。主上を前に、なにごとか断言できる者なんておりません」

女御の帝を諫める声も厳しい。そして、その口調のまま梓子に命じた。

「藤袴。『おそらく』と言えるのは、なぜか。主上に奏上なさい」

根拠を示せと言われ、梓子は御前に進み出ると、少将が消えた場に残されていた檜扇を、そっと二人の前に差し出した。

「少将様の檜扇にございます」

なぜか、それを見た二人は、同時に顔を見合わせると、微笑んで梓子のほうを見た。

「……そうか、そういうことに落ち着いたか」

「こんなときだけど、おめでとう藤袴」

なにが、めでたいのだろうか。首を傾げてから、梓子は気づいた。少し前から宮中でよく読まれるようになったとある物語の中で、衣の交換と同じく男女の仲になったことを示す物として、扇の交換が使われた話があり、それを真似るのが、宮中で密かに流行っているのだ。

「ち、ちがいます！　これは、少将様が消えた場所に落ちていたものですから！」

こんな時に、なんて勘違いをしてくれるのか、この方々は。

力いっぱい否定した梓子に、帝と女御が再び顔を見合わせてから、無言のまま残念そうな表情を向けてくる。眉の下がりかたまで同じとは、どういうことだろうか。思えば、この二人も従兄妹の関係だった。左大臣の同母姉が帝の生母である。よく似ているのはそのせいかもしれない。

梓子は、小さく咳払いして喉と気持ちを落ち着かせてから続けた。

「……少将様は、この扇をその場に残していかれました。この扇は少将様とつながっているようです。途切れていないのなら、生きてはいらっしゃるはずです」

少将がまとう薄墨色の靄が檜扇の要に紐のように細く垂れている。それは、薄く幽かなものではあるが、紐の先が途切れておらず、本体が在るという感じがするのだ。

「音がなく前触れもない消え方と、痕跡をほぼ残していないことから、少将様は丸ごとモノに取り込まれたと考えられます。モノが一切の音を発しなかったことから、生き物ではないと感じました。喰われたのではないなら、五体満足である可能性も高いです」

人の形をとっていれば衣擦れの音がして、動物の形をとっていれば足音や鳴き声がするものである。これは、モノが噂や思念によっておおよその形を得るため、怪異話に描かれる、人が想像したモノの姿を大きく逸脱することがないからだ。

今回、少将が消えるその瞬間を含めて、音や鳴き声はなかった。梓子の目には視えなかったので、それこそ断言はできないが、おそらく生き物でなく事物、近いところでは『あかずや』のように、古くからあるなにかを器にしているモノということで確定だろう。そして、誰かがそれを移動させ、その先々で殿方を隠しているのだ。

視えないなりに相手の状態はおぼろげに見えてきた。問題は出現条件だ。それが確定しなければ、モノを縛ることも、少将を助けることもできない。今回の少将を含めて五人も消えている。条件を見出すには十分すぎる人数だ。ただひたすら考える梓子に、女御の鋭い声が突き刺さる。

「藤袴、冷静なようで冷静ではないようですね。少将の状況に関しては、貴女個人の希望も混じっているように聞こえます」

上げていた顔を、そのまま下げて俯いた。

「そうかもしれません。……少将様に無事でいてほしいです」

絞り出した声に、隠すことなく本音をにじませる。

「光影の無事を祈る藤袴の気持ちに偽りはないと感じた。私は藤袴を責めることはしない。……ここからは、どうやって助けるかに集中しよう」

帝はそう言うと、高麗縁の端に行儀悪く腰かける。そうすることで、先ほどより、帝と梓子の距離が近づく。

「藤袴。梅壺の記録係ならば、事実だけを並べて考えよ。そもそもおまえたちは、いかにしてモノの居所を特定しようとしていたんだい？」

その問いが、梓子の中にある、未整理の今日の分の記憶に触れた。

綾綺殿に向かったのは、最後の目撃例が示す方向が、そこだったからだ。実際に綾綺殿に行って、怪異に遭遇した。モノがいるのは、あの場所で間違いない。では、その綾綺殿に行って、モノをどうやって捜そうとしたか。

梓子は、少将と交わした言葉を思い出す。

『ニオイを嗅ぎにいくんですか？』

『君の目に視えるモノであれば、その必要はないのだけれど？』

『行きましょう。視るのも嗅ぐのも、その場に行かなきゃ無理なんですから』

モノは、梓子の目に視えなかった。ならば、もうひとつの方法だ。

「そうです……、ニオイで捜せばいいんです」

直前にも少将はニオイがすると言っていた。今回のモノは、いまのところ梓子の目から姿を隠しているが、ニオイは隠せていないのだ。だから、ニオイをたどればいい。モノの発するニオイを嗅ぎ分けることができれば……。

思い出すと同時に梓子は勢いよく女御に問いかけた。

「女御様、お願いがございます。左大臣様が飼っていらっしゃるという御犬をお借りすることはできますでしょうか？」

女御の少し目尻の上がった大きな目が瞬かれる。

「父上の飼い犬を？」

「はい！　左大臣様の御犬は、かつて、道に埋められていた呪物を嗅ぎ当てたと噂に聞いております。同じように、綾綺殿のどこかにあるはずのモノを、ニオイで捜していただきたいのです」

その存在は、左大臣の犬好きに拍車がかかった話として、よく知られている。

「だが、肝心の捜すべきニオイをどう用意する？」

帝が梓子に問いかける声は、この場に入ってきた時より格段にやわらかだ。安堵した梓子は、床に置いた少将の檜扇を手に取った。

「こちらの扇がございます！」

見た目には、檜扇についた少将のニオイを、犬に捜させようとしていると映るかもしれない。でも、帝と女御には、梓子の狙うところがわかったようである。

「左大臣家に使いを出す。晶子だけでなく私からも口添えしよう。……頼むぞ、藤袴」

帝のお言葉を賜り、梓子は改めて平伏した。

■　五　■

綾綺殿は、昨日の騒ぎ以降、人の出入りを厳しく禁じている。あの騒ぎに萩野は滝口の陣から武士を呼んでいて、すぐに見張りを立てたのだという。あの場に集まっていた女房たちも、すぐに退散し、その後は誰も出入りしていないという話になっている。

帝自ら滝口の武士に指示を出し、本日女房の一人と一匹が入ることを許された。

その綾綺殿に、入ることを許された女房として梓子が、左大臣の御犬、九朗丸を腕に抱えて足を踏み入れた。

九朗丸には、恐れ多くも主上の勅による殿上の許可が出ている。

「九朗丸殿、おそらく今のこの国で、あなたが一番身分の高い御犬です。期待にお応えくださいね」

九朗丸は初めての場所に興奮しているのか、尻尾をブンブン振っている。

左大臣家から運ばれてきた九朗丸を受け取ったのが、内裏の東門側、温明殿でのことだったので、温明殿と綾綺殿をつなぐ南方の廊下を渡って、綾綺殿に入った。温明殿と綾綺殿は、ともに西面で、建物の西側が正面として扱われる。そのため、東の温明殿側から入った梓子は、納殿の出入り口までぐるりと建物を回る必要があった。綾綺殿の南廂を西側に回って進んだところで、承香殿側から梓子と同じように女房装束をまとった者が一人、廊下を進んでくる。

梓子は先に着いた出入り口の前で、相手の到着を待った。

「あなた、そこでなにをしているの？　立ち入り禁止のはずよ」

それはこちら側から言うことだとは思ったが、梓子は九朗丸の両脇を支えて、女房に見えるように突き出した。

「申し訳ございません。犬が迷い込んで、追いかけてここまで。そうおっしゃる貴女のほうこそ、なぜ『立ち入り禁止』の場にいらっしゃるのですか？　……怪しいですね」

梓子は九朗丸を抱え直すと、宥めるように背中を撫でた。

「貴女に言われるとは心外ですわ。……飼い犬のしつけもなっていないような」

見たところ、まだ十代の終盤か二十代の前半、梓子と年頃はそう変わらないように見える。ただ、宮仕えもそれなりに長そうな雰囲気を漂わせていて、若いのか老成しているのか印象が定まらない女性だった。

「九朗丸は仕事をしているだけですよ。それに……左大臣様の御犬なので、咎めることなど、わたしにはできませんし」

梓子は新参女房らしく、あまりものを知らないふりをして相手の表情を見ていた。

「さ、左大臣様の御犬が、なぜ、ここに……？」

その女房は、数歩後ろに下がり、怯えた表情をする。相手の警戒に反応してか、梓子の腕の中で九朗丸が低く唸った。そのことが、女房をさらに怯えさせる。

左大臣家の飼い犬が呪物を掘り当てたのは、本当に有名な話だ。身に覚えがありそうだと感じさせるには、十分すぎる怯えぶりだ。

「とても大切な存在を捜すために……」

女房に応じながら、梓子は腕の中の九朗丸を床に置いた。すぐに九朗丸は塗籠のほうへ駆け寄って、小さな前足で扉をたしたしと叩く。

「おや、なにか、この塗籠に気になるものがあるようですね？」

これに慌てたのは、相手の女房だった。

「なにをする気ですか？　犬を連れてさっさと下がりなさい。ここは、御物が納められている場所、いかに左大臣様の御犬とて、いたずらは大罪です。……まして、今は立ち入り禁止、梅壺にお戻りなさいな」

今日この場所に立ち入りを許可されているのは、何も知らなそうな新参女房でなく自分だと主張したいようだ。

「……ですが、見たところ、貴女もこの塗籠とは無関係ですよね？　こちらは、綾綺殿の塗籠。弘徽殿にお仕えする女房が使う場所ではありませんが？」

弘徽殿は右の女御を主とする殿舎である。右の女御は、故中宮の次に入内し、今いる後宮の妃の中では最も長く今上帝にお仕えしている。その矜持の高さから宮に仕える女房の統制は厳しく、仕える女房の裳には、必ず個別名を示す文様が入っており、弘徽殿に仕えていることを本人に意識付けすると同時に、全方位に見せつけているのだと聞いている。そんな弘徽殿では、女房たちの個別名に夏の草花の名を与えている。

「弘徽殿の『夕顔殿』でよろしいでしょうか？」

裳に描かれた花に視線をやって問うと、彼女は苦々しい表情で応じた。

「……『ひさご』よ。そんな儚げな名で呼んでくれる人はいないわ」

個別名を賜ることは、主を持つ女房の誉れだ。それをこんなに嫌そうに口にする女房がいるとは……。だが、『夕顔』と花でなく、わざわざ『瓢』と実のほうを連想させる名で呼ぶことに、なにがしかの悪意を感じなくもない。

「貴女の『呼んでくれる人はいない』からすると、夕顔殿で正しい呼び名ですよね。ならば、わたしは夕顔殿と呼ばせてもらいますね」

梓子は、そう前置きしてから、改めて彼女がここにいる理由を問う。

「夕顔殿、貴女はなぜ、立ち入り禁止の綾綺殿にいらっしゃったのですか？　貴女は内侍所の女房ではない。年末年始でもない今の時期、ここに来る必要はないのでは？」

綾綺殿には恒例行事に使用する御物が納められている。年末年始、特に正月は、ほぼ毎日なにかしらの行事があり、どうにも人手が足りない時は、主持ちの女房を内侍所の女房として借りることもある。だが、時はすでに二月も終わろうという頃、綾綺殿に納殿にある御物を使う恒例行事の予定はない。行事に必要なものを、主に頼まれて探しに来たという類の内容の言い訳は使えないのだ。

「この時期には、近づく者が少ない綾綺殿ならば都合がいいと思って隠していたなにかを、この騒ぎで探られるわけにいかず、急ぎ回収にいらしたのではないですか？」

綾綺殿の立ち入り禁止は、彼女を焦らせた。見つかる前に、回収しなければならないと思ったのだろう。

「それは……」

夕顔の視線が一瞬、塗籠に向けられる。やはり、塗籠の中に彼女が回収しなければならないものがあるのだ。梓子の直感が、そう告げている。

だったら、飛び込むまでだ。

「夕顔殿、失礼します！」

梓子は塗籠の扉に駆け寄ると、勢いに任せて扉を開き、中へと飛び込んだ。慌てた夕顔が扉に駆け寄るその前に、急ぎ扉を閉めにかかる。閉じる直前、梓子は扉の外に叫んだ。

「九朗丸、梅壺に報せてください！」

純粋に人を呼んできてほしくて言ったことだが、これに扉を閉じさせまいとしていた夕顔の意識が扉から九朗丸に向いたことで、一気に扉を閉じることができた。すぐさま扉を外から開けられないよう近くの物を引き寄せる。

「開けなさい！　それに触れてはなりません！」

外からの声に、この塗籠そのものでなく中の何かが問題のモノだと確信して、一旦目を閉じる。心を落ち着かせてゆっくり目を開けば、少し暗がりに慣れた目が、置かれた棚や箱をうっすらとした影として捉える。少将とここに入った時よりも時間が早く、外もまだ明るい。扉の隙間から漏れ入る外の光も、塗籠の中を薄暗い程度の状態にしてくれている。無論、壁に囲まれた塗籠の奥には、漆黒の闇があるわけだが、視えない梓子の目にも、視えないなりに、視線を吸い寄せられるものが、入口に近い場所に置かれていた。

それは、周囲のものとは明らかに違う空気をまとっている。慎重に歩み寄れば、長四角の箱状の影に脚部がついていた。その形からして唐櫃のようだ。大きさは、さほど大きくなく、女房一人でも持ち運べそうなものだった。

「これがモノ……」

梓子は懐から草紙と小さな硯箱を取り出し、筆の用意をする。周囲にはなにか衣装でも入っているのか大きな箱が多く、硯箱を置く場所はすぐに確保できた。

だが、ここでひとつ疑問が生じる。

「待って、このまま縛ったら、少将様はお戻りになれるの？」

モノの本体がこの唐櫃だとして、丸ごと草紙に取り込んだら、中に吸い込まれただろう少将はどうなる。もちろん少将だけではない。左中将もいるはずだし、その前に消えた三人もいるはずだ。皆が皆、この怪異に囚われているのかはわからないが、少なくとも三人以上はいるのだ。縛る時に吐き出してくれるとは思えない。大きさからいってそのまま人が入っているということはない。蓋を外したとしても、中から誰か出てくる気がしない。そんなものを草紙に取り込んでいいのだろうか。

「……まさか、今回も詰んでいる？」

呟き、勢いで縛らぬように、梓子はとりあえず筆を置いた。

■ 六 ■

九朗丸の往復時間を考え、梓子はあまり長く悩んではいられないと、覚悟を決めて唐櫃の蓋に手を掛けた。

だが、ほぼ同時に扉が激しく叩かれる。

「お退きなさい！ それ……に……近づくでない！」

後半、なにか夕顔のものではない声を聞いた気がして、梓子は、触れた唐櫃の蓋から手を離した。

夕顔の様子を窺おうと扉に近づけば、外の騒ぎが聞こえてきた。慎重に扉をほんの少しだけ開ける。

扉の前には、幾人もの滝口の武士の姿があった。彼らは夕顔を押さえて、扉から下がらせている。その後ろには、萩野の姿もある。

「あ……、よくやってくれました、九朗丸！」

九朗丸は、ちゃんと梅壺に人を呼びに行ってくれたのだ。梓子は、扉が開かないように置いたものを退かすと、問題の唐櫃を抱えて、塗籠を出た。

「藤袴が持つあちらの唐櫃を、どこにお持ちになるおつもりでしたか？」

萩野の詰問に、夕顔は梓子の手にある唐櫃を睨み据えたまま、その問いに応じた。

「我が主の記した日記にございます。違う殿舎の女房に見せるわけにはまいりません」

その声は夕顔のものだ。先ほど、梓子が蓋を開こうとしたのを止めた声とは違う。

「……それは、おかしいですね。蓋から巻子の紐らしきものが、ほんの少しですが見えておりますよ。草紙の類ではなさそうだ。別の唐櫃と間違えておられるのでは？」

滝口の武士の中でも指示を出す役割と見える者が指摘し、萩野を振り返る。

「中身をご確認になったほうが、よろしいのではありませんか？」

そう言われた萩野が頷くよりも早く、夕顔が武士を押し退けて、梓子の手にある唐櫃目がけ突進してきた。

「それを通すでない。その者、しっかりと、とり押さえよ！」

遠くから左の女御の声がした。その声に応えて、扉前にいた武士たちが、梓子を庇う体勢をとって夕顔を跳ね返した。

夕顔の手から逃げようとして身を翻した梓子の腕の中で、唐櫃が斜めに傾き、その蓋が外れかける。中から漏れる黒い靄に、梓子は慌ててその場に踏ん張り、唐櫃を水平に保ち、蓋を閉じると周囲の人々から距離をとった。

この場の人々すべてが夕顔を追いつめている。だが、その目は、大きく見開かれたまま唐櫃から離れない。彼女の妄執に寒気を感じた刹那、唐櫃が蠢いた。彼女の強すぎる想いに応じようとしているのだ。モノはその能力を、この場で発現しようとしていた。怪異の対象は殿方。それが、唯一わかっている怪異に遭う条件だ。滝口の武士は、皆、殿方である。このままでは、少将のように呑み込まれてしまうかもしれない。

「皆さん、下がってください！」

唐櫃の蓋がガタガタと音を立てて揺れる。この動きから察するに、モノ本体は唐櫃の中に存在しているようだ。

そうなると、やはり単純に唐櫃ごと縛ればいいという話ではなさそうだ。まずは唐櫃の中に入っている『なにか』からモノを引き剝がさなくてはならない。それ自体は『あかずや』と同じだが、あの時と違って、モノは消えた人々を内側に取り込んでいると考えられる。モノから取り込まれた人々を引き剝がす過程も必要だ。手順の想像は出来ているが、成功するか否かまでは、梓子にも予想できない。

なにより、取り込まれた人々がどのような状態にあるか全く不明だ。

梓子は唐櫃の蓋を慎重にほんの少しだけ持ち上げる。

「少将様？」

中に問いかけてみる。視ること以外に特別な能力を持ち合わせていない梓子には、体当たり的な方法しか取れない。これでダメなら自身が半身を櫃の中に入れて、目で視るよりないかもしれない。

どうか返事を、と強く願う梓子の耳にそれは聞こえた。

「……小侍従か？」

唐櫃の内側から、聞き慣れた声が返される。

「少将様！　ご無事でしたか！　周囲はどういう状況ですか？」

梓子が喜びに声を上げたことで、周囲もそれを悟ってざわつく。

「これを無事というかは疑問だよ。状況を簡単に言うと、金色の雲の中に閉じ込められている」

金色の雲、その言葉に梓子は唐櫃の中身がわかった。

「紐が外に見えているということは、少将様たちを閉じ込めている金色の雲が描かれたソレは、開かれた状態にあるということですね。ならば、やりようがありそうです」

梓子の言ったことで、少将には、そこがどこであるかが伝わった。

「描かれて……ああ、だから金の雲か。それで、小侍従。私は、どうすればいい？」

少将らしい返しに、梓子は安堵した。少将は、動ける状況にあるのだ。少なくとも助けられる芽はある状態だ。

機は一度のみ、うまくいくか否かを別途試している余裕はない。梓子の肩に、少なくとも五人分の命の重さが乗っている。

「いらっしゃる方々、全員数珠つなぎに御手をつないでください。なにがあっても絶対に離さないでください！　少将様にしか通じないことですが聞いてください。モノを縛り草紙に引き込む瞬間に、皆さんを閉じ込めているモノの器から、皆さん全員を一気に引きずり出しますので、そのおつもりでお願いいたします！」

唐櫃の蓋の上に草紙を置き、筆を構える。同時に逆の手で蓋を持ち上げ、中に手を忍び込ませた。唐櫃の中を手探りで動かせば、衣と思しき感触があった。夢中で摑むと、中から人の手が梓子の手を摑んだ。

「うん、これは小侍従の手だね。……さあ、こちらは言われたとおりにしたよ。いつでもいける」

「少将様、絶対にわたしの手を離さないでくださいね！」

つないだ手からお互いを感じ、より強く離すまいと願って、握り合う。

扉の外で内舎人や滝口の武士に数人がかりで押さえ込まれている夕顔がなにごとか叫

んでいるが、梓子は目の前の唐櫃に意識を集中し、筆を動かした。

「めぐりあひて　みしやそれとも　わかぬまに」

久しぶりに逢えたのに、貴女だと見定める間もなく姿が見えなくなってしまった
「くもかくれにし　よはのつきかげ」

まるで雲に隠れてしまう　夜更けの月のように
「その名、『くもかくれ』と称す！」

唐櫃に差し入れた左手を思い切り振り上げて蓋を弾き飛ばした。中から開かれたままの絵巻が飛び出して宙を舞う。そこに、歌徳を得た言の葉が鎖となって、絵巻の端々に描かれた金色の雲に突き刺さった。梓子は金色の雲の中に埋もれた左手の先にある存在をつかんで離さぬように筆を持たぬ左手にも必死に力を入れる。

やがて雲は言の葉の鎖に搦め捕られて草紙に吸い込まれていく。それに応じて、雲隠れしていた絵巻に描かれた月が姿を現し、その光で暗くなり始めていたあたりを明るく照らし出した。日の光と見紛うほどに眩しかった月は、和歌にあるように見定める間もなく消え失せ、あたりは元の塗籠の扉の前の薄暗がりに戻った。

左手を見れば、少将の手と固く繋がれていた。その向こうには、暗がりでハッキリとは見えないが、いくつかの人影もある。

「終わったか？」

「ご……ご無事で、なにより……」

少将の問う声に、梓子は安堵とともに全身の力が抜ける。毎度のことだが、縛りに体力も気力も根こそぎ持っていかれた。

「小侍従！」

梓子を抱き支える手は力強く、梓子に彼の無事を強く教えてくれた。胸の内に広がる安堵感に、そのまま瞼を閉じかけたところで、扉の外の声が聞こえた。

「この状況、言い逃れはできまい。怪しき者め、説明せよ！」

取り押さえている武士が問えば、夕顔の口からは、およそ彼女のものとは思えない、低く年老いた男の声が発せられた。

「……位人臣を極めたる我に、問うは許されじ」

唐櫃の蓋を開きかけた時に、梓子に近づくなと言ったあの声だった。

『臣下として最高位に達した』とは、縛りに使った和歌の作者である藤式部が書いた物語に出てくる言葉で『太政大臣』を示す言葉だ。今の朝廷では誰も就いていない。

今の世の誰でもない者となれば亡霊だ。それを世の人々は、死者の妄執だけが現世に残ったものと言うが、その実、死んだ者の無念を想像した世の人々の、その想像がモノに至らしめた存在である。それ故に無念の塊となってしまっている。元になった人物の死後に発生した災厄と結びつくことが多く、最初からモノが強力な能力を備えていることも多い。

今回は夕顔に憑(つ)いた亡霊が、モノを使役していたと思われる。ということは、縛ったのはモノのみ。亡霊は、まだそこに居る。

「女御様、離れてください。ソレは危険です。縛ったモノとは別の存在です、何を仕掛けてくるかわかりません！」

梓子は、いま出せる声のかぎりに叫んだ。

左の女御もまた物の怪(け)に寄られやすい。夕顔の中の亡霊は、出現の仕方が不安定だ。夕顔を器として定着していないのならば、より適した器に乗り換える可能性が高い。女御に移られるわけにはいかない。確実に止めねば。再び縛ろうと少将の腕から飛び出した梓子を、少将の声が止める。

「無茶をしちゃ駄目だ、小侍従。……君がやらなくても、もう大丈夫だから」

少将の視線が誘導した先で、左の女御の前に帝(みかど)が進み出た。

「……では、朕が問おう。これはどういうことだ？」

その一人称は、人臣を極めてなお届かない御位にある御方にだけ許されたものだ。人臣の極みを自称した以上、天子たる帝より下にあることを宣言してしまっている。その威力は絶大で、夕顔を器とする何者かは、帝の命令には逆らえない。この世の者でない身で、この世の理(ことわり)に縛られ、帝の問いには答えざるを得ないのだ。

「これなら……」

うまくいくと安堵し、力が抜けかけた梓子の身体を、理に抗(あらが)う夕顔に憑いた者の叫び声が竦ませた。その瞬間、叫んで天井を仰いだ夕顔の身体が、突如、その場で跳躍した。

「ソレは我のものぞ、返しや！」

天井でその身を一回転させると、勢いのまま梓子目がけて飛びついてくる。

「小侍従！」

思わず目を閉じた梓子の耳に、少将の声が届くと同時に衝撃がぶつかった。

床板に背を打ちつけたにしては、さほど痛くない。恐る恐る目を開ければ、そこに見えたのは女房装束でなく、梓子をかばうように覆いかぶさる男性装束の衣だった。

「……大丈夫か、小侍従？」

このごろは、すっかり耳に馴染んだ少将の声が問う。この声だけで、梓子は、自分は大丈夫だと思ってしまう。

「は、はい。なんとか……」

先に身を起こした少将に手を引かれて梓子も身を起こした。

見れば、夕顔のほうは、武士たちが数人がかりで床に身体を押し付け、身動きの取れない状態にされていた。

まだ暴れている様子から、憑いているモノが抜けていないのがわかる。それにも拘わらず、帝が取り押さえられている彼女に歩み寄っていく。

「主上、近づいてはいけません！」

周囲が口々に止めるも、帝は歩みを止めない。玉体に触れて止めるわけにはいかない状態に手をこまねく周囲に対し、左の女御が帝を手で制止した。

「女御、止めないでくれ」

帝はそう言って女御を睨んだ。先ほどとは逆に、女御が帝の半歩前に出た形になったわけだが、周囲は女御が帝を止めてくれたことに安堵した。

だが、次の女御の言葉で再びざわめき出す。

「何をおっしゃいますやら、このわたくしが止めるわけがないというのに。異母弟の左中将はもちろん、少将殿も猶子として、我が家の者、我が兄。よくも、話もまともにできない妄執の塊如きが、我が家の者に手を出してくれたものよ。さらにはわたくしに仕える女房を手に掛けようなど、許せるわけがございません！」

その声は低く鋭い。梓子は、左の女御が自分のために怒ってくださったというのに、その気魄に思わず少将の衣を強く握った。

左の女御は、夕顔を睨み据えたまま、帝よりもさらに半歩前に出て、さらに夕顔に近づいた。モノを寄せる体質の女御を止めねばならないのだが、ある意味、帝以上に周囲が止められない状態だった。生きている人間が一番怖い、などというよくある話を実感して、静まり返る場を、まったくもって場違いな甘い声が壊した。

「……左の女御よ、そのままでいいから、こっち向いて」

帝の声からは憤りが消えて、ちょっと興奮気味に熱を帯びていた。

「いまそういうのは、要りません！　あとにしてください！」

結果的に振り返ってしまった女御に、帝がますます表情を輝かせる。

「ああ、それ。その顔、その蔑む視線がいい！　……え、あとがあるの？」

これには、その場の誰もなにも言うことはなく、場が先ほどまでよりもわかりやすく静まり返る。左の女御を止めるべく、その傍らに近づいていた萩野は、なにも聞こえていないかのように無の表情に徹して、下がっていく。内舎人も滝口の武士たちも、俯くだけで誰も声は発しなかった。

そんな状況下でも一番に声を発することができるのは、結局、左の女御だけだった。

「……冷静になりました。こちらの方は、滝口の方々で引き取りをお願いします」

冷静になったというだけあって、左の女御は今更のように檜扇を広げて顔を隠すと、滝口の武士に淡々と指示を出してから、身を翻した。その後ろを帝が期待に弾んだ声と足取りで追って行く。

残された場の人々で最も位階が高いのは、助け出されたばかりの左中将だったが、そこは、左大臣家の次男。判断を仰ごうと自身に集まった視線に対し、姉女御と同様の冷静さで応じた。

「蔵人所にいる陰陽道一の者のところに彼女を運んでくれ。どうやら、彼女に憑いている亡者と絵巻のモノは関わりがあるようだ。半端なことをしてモノに復活されては、たまらないから、しっかりと抜くように伝えてほしい。……それでよろしいでしょうか、少将殿？」

最後に問われた少将が、梓子に視線で確かめてくる。二度ほど頷けば、もうそれであとのことは、梓子の手を離れた。

だが、ひとつ気になって、梓子は少将の衣を引くと、注意点を追加した。

「少将殿。モノが抜けるまで、あの女房殿のことは『ひさご』とお呼びくださるよう、お伝えください」

物語の『夕顔』が、「荒れたりし所に住みけむもの」によって取り殺されたように、きっと『夕顔』の名を与えられた女房にはモノが憑くのだ。藤式部の書いた物語の読者たちの多くが、そう連想する。そう思う者が居れば、どうしても『夕顔と呼ばれる女性に憑くモノ』が発生してしまうのだ。

弘徽殿の人々は、もしかすると、悪意でなく悪しきモノから彼女を守るために『ひさご』と呼んでいたのかもしれない。そう思うと、梓子は自身の浅慮を恥ずかしく思った。

「彼女が『朝になったら儚く消える』ことがないように、取り計らってくださいまし」

少し遠くから、梓子もまた彼女がモノから守られることを祈るよりない。

■　終　■

綾綺殿の大捕り物から数日、ようやく周囲も落ち着いた左中将が、姉女御の殿舎へ報告に来た。そこには左右近衛府の違いを超えて、右近少将も同行していた。

なにがあったか、この件がどう処分されたかという表面上の報告に終始したが、それが公式の記録に残る報告なので、梓子は黙って聞いたままを記録することに徹した。

その後、左中将は帰って行ったが、少将は公式の記録に残らない話をするために、いつものように、梓子の局の前で足を止め、御簾越しに向き合って、腰を下ろす。

「あの女房の処分もすべて終わった。誰とは言えないが、憑いていた亡霊も抜けたし、どういう仕組みかはわからないけれど、今後はモノが憑きにくくしたそうだから、また別のモノに……ということにはならないだろう」

祓いの本職である蔵人所の陰陽師が対応したのだ。太政大臣を称した亡霊が誰であったか、名を聞き出したのだろう。もちろん、梓子も誰と聞き出すことはしない。

それよりも、憑きにくくできるなら、自分もそうしてくれと言いたそうな少将の口ぶりのほうが気にならなくもない。だが、そこはそこで別の話にしてもらおう。ともあれ、彼女が無事だということなら、それでいい。

「モノが離れたのはわかりましたが、モノに憑かれるような状態になった原因のほうは、取り除かれたのでしょうか？」

「心身ともに健全な女房は、非常に特殊な場合を除き、そう簡単に亡霊に憑かれることはない。女房名が夕顔であったとしても、心になんらかの闇を抱えていなければ、あそこまで亡霊の意志に従って、モノを発動させてしまうこともなかったはずだ。

「あの女房は、継子いじめに遭っていたらしくてね、宮仕えが辛くても里下りだけはしたくなかったようだよ。周囲の女房たちによると、継母が決めた相手との婚姻が待っていて、強く里下りを促されていたが、色々理由をつけて先延ばしにしてきたらしい。ただ、先延ばしにするにも限界がある。いよいよ里下りせねばならない時が近づいていたそうだ。……いい縁談ではなかったのだろう。どうにかして逃げたいと願い、モノを呼び込んでしまったくらいだからね」

妾だった母親を亡くし父親に引き取られたが、正妻とその子どもたちから、かなり冷遇されていたのだという。

「それは『落窪物語』のようですね」

世に知られる継子いじめの物語の名を出すと、少将も御簾の向こう側で同意した。

「うん。夕顔の呼び名といい、境遇といい。彼女は物語の中の人のようだね。だが、彼女には物語のようにその境遇から助けてくれる公達は現れなかった。その『本当に物語であったなら、公達が救ってくれるのに』という強い想いに、あの亡霊と絵巻のモノが呼応したというところじゃないかな」

藤式部の書いた物語に出てくる夕顔と呼ばれた女性も、物語の中で、正妻の嫌がらせを逃れて五条あたりに暮らしていた。その正妻の嫌がらせという一致が、よりモノに寄せる隙を、彼女に与えてしまったのだろうか。

「あの女房には、逃げたくても帰る場所が、絵巻のほかになかったということですか」

だから、絵巻の中に自身を救ってくれるかもしれない公達を閉じ込めたのだ。雲隠れしたい彼女自身の願いが、公達を雲隠れさせたということだ。

しかし、疑問は残る。彼女のしたことは、彼女に憑いた亡霊の目的と、どのあたりが一致して呼応したのだろうか。

「唐櫃の中に入っていた物語の絵巻は、結局どなたのものだったのですか？」

「ある御代で、帝に入内していた女御の父親だった者が献上したものらしい。……ごめんね、ハッキリと誰それとは言えないんだ。その血筋の家の者も役職にある。主上が『今を生きる者に責はない』と仰せになったので、一切を秘されることになったよ」

この地に都を定めて以来、一の者と呼ばれる左大臣を超えて人臣の極みの地位である太政大臣に就いた者は、片手で数えるほどしかいない。その上、いずれの太政大臣も、今なお権勢を誇るただ一つの氏から出た方々だ。

「理解いたしました。後ほど、今回の件に関する手元の記録を、速やかに女御様に奉じます。主上の御言葉に恥じ入るばかりです」

梅壺に関連して起きた出来事のすべてを記録するにしても、記録したすべてを残すとは限らないのだ。処分については、その方法も含めて、梓子の主である左の女御の判断に委ねるべきだろう。

「どうやら、その女御には皇子が生まれなかったみたいだ。亡霊になった女御の父親は、帝の気を引き、お渡りいただくために、かなりの金をつぎ込んで絵巻を作らせた。先々自身が追い落とされる恐怖と、手にした栄華への執着があったんだろうね。絵巻は美しいけど、そこに込められている想いは……あまり美しいものではなかったようだ」

語られる限りでは、結局女御に皇子は生まれなかったのだ。やがて、太政大臣が作らせた絵巻は、その美しくなかった想いが染みついたままモノになってしまったわけだ。

「条件のいい公達は、いずれ娘を入内させる側に回るものだ。あの亡霊が、器にした女房を通じてやっていたのは、自身の権勢の邪魔になる者たちを排除する行為だったのかもしれないね」

並び立つ者が居ない位にまで至って、それでもなお妄執を残して死んでいくとは。

「でも、なぜあの絵巻だったんでしょうね。政敵だと思っている者を閉じ込めるなら、もっと違うものもあったでしょうに」

「……蔵人所の陰陽師が言っていたことだけど、あの絵巻がたくさん入った唐櫃丸ごとが、亡霊の出所だったみたい。君がひと巻を草紙に縛ったことで、あの亡霊はいよいよ戻る場所がなくなった。だから、あの時君に『返せ』と言って飛びつこうとしたんだろうね。自身の権勢の象徴だったんじゃないかな、あの唐櫃いっぱいの絵巻が。……あるいは、すべてがそうとは限らないけれど、ほとんどの物語は栄達の極みで終わる。だから、もしかすると、誰よりも物語の中に逃げたかったのは、絵巻を作らせた本人だったという話なのかもしれない。そうだとすると、少し悲しい気もするね」

少将の呟きに、独特の厭世的な響きが混じる。隔てているのは御簾だけなのに、少将との間に、どうしようもなく距離がある気がして、不安になる。

まだ、彼の中には、なにもかもを都に置き捨てて、仏門に入ってしまおうとする想いがあるのではないかと思って。

「それで、あの女房殿は、今……」

話題を変えて、浅ましくも少将の意識を仏の御手から取り戻す。

「ああ、あの女房は、もう宮中に置いておくわけにいかないから、宮仕えを停止した」

「それでは……」

宮仕えを辞めさせられたとあっては、家に戻るよりなかっただろう。宮仕えに出られない身となっては、ますます冷遇されているのでは……。

梓子は変えた話題の結末に俯いた。だが、少将は小さく笑って、梓子の想像を否定した。

「大丈夫だよ、小侍従。彼女は……誰の……とは言えないけど、とある地方官の後添えになった。左大臣様の北の方様が調えた縁談だから、悪いことにはならないと思う。彼女は、実家に戻ることなく、すでに夫となった者の任地へ下向したよ」

左大臣の北の方は、縁談の世話をすることが多い。夫である左大臣のもとには、たくさんの人が訪れ、その多くは、希望する官職への口添えや、息子・娘に良縁を紹介してほしいという下心付きのご挨拶に来るのである。そうした望みに応えて、北の方は自らが仲介人となって、縁談を調えることもあるのだ。左大臣夫妻が調えた縁談というのもあるだろうが、とにかく長続きする良い縁談をまとめることで知られている。

「そうですか。良かったです」

梓子は、安堵に微笑んだ。受領層の殿方では、物語に出てくる公達とは言えないだろうが、左大臣の北の方の紹介となれば、彼女の家、特に継母も文句はつけられまい。梓子の亡くなった母は、父が通う多くの妾のうちの一人だったらしい。乳母の大江によれば、梓子の母が病に倒れた遠因は、正妻による嫌がらせによるもので、大江は、もし梓子の存在が正妻に知られれば、梓子にも嫌がらせの手が及ぶと考えて、梓子の母の死後も自身の実家で、ひっそりと梓子を養育することを決めたという。弘徽殿の女房・夕顔は、梓子の、そうなったかもしれないもう一つの姿でもあるのだ。梓子の安堵は、思いのほか深かった。

「きっと、左の女御様が、左大臣様と北の方様にお願いしたんじゃないかな。我々のことで怒っていた分、家の者を大事にしない人間にも憤りを感じていらしたようだから」

御簾の向こうで、少将の掠れるほど小さな声が続く。

「……昔から身内を大事にする子だったからなぁ」

今となっては身分に差があるものの、少将は女御の従兄であり、のちに左大臣の猶子となったことで、女御とは兄妹の関係にある。

当代の左大臣となった女御の父大臣は、摂政・関白を務めた父親の五番目の男児だった。ようやく昇殿を許されたのが二十歳過ぎと出世は遅く、長兄が氏の長者であった頃には八歳下の甥が内大臣になり、自身は権大納言という時期もあった。当時すでに左の女御となる女児は生まれていたが、その頃の左大臣には、その気持ちはあっても現実には娘を入内させるなど夢のまた夢で、女御も屋敷の奥に閉じ込めることなく、わりとおおらかに育てられていたと聞く。そのため、男女であっても年の近い従兄妹として交流があったのだという。

少将は父親王を通じて、まだ立太子されたばかりの幼い頃の今上帝とも交流があったらしいので、少将が幼い頃を共に過ごした相手は、いまや帝とその女御と、自身とは隔絶した存在になったわけだ。

それでも、おそらく、今回の件で、帝と女御があれほど積極的に動いたのは、ほかでもない少将が被害に遭ったことが大きかったのだろう。

少将はその呟きに、梓子のことも女御にとっての身内として数えているようだが、新参女房などあの場のおまけにすぎないだろうに。

「……女御様といえば、主上と女御様の噂がすごいことになってしまいましたね」

あの捕り物の場には、帝と女御、夕顔を押さえた内舎人と滝口の武士のほかにも、護衛や、騒ぎを少し離れた承香殿から眺めていた者など、かなりの人目があった。いかに宮仕えしていようとも、帝や女御があれほど堂々と姿を見せ、大きなお声で話している場に遭遇することはほとんどない。宮中は……というより、後宮は二人が息の合った(?)やりとりをしていたことで、左大臣の手前もあって梅壺にお渡りなのだろうという予想を覆され、どの殿舎も主上の左の女御への寵愛の話題で盛り上がっている。

「それに伴う、我々の噂のほうもすごくないかい？『怖い飼い主が居るから、あの犬と猫には手を出すな』って言われているらしいよ」

今上帝は猫好きで知られている。愛猫に位を与え、殿上を許すとしたほどに。一方で、犬は『少将だけ』と宣言している。そのせいもあって、今上帝が信頼して近くに置いている少将を、裏では『忠犬』と呼ぶことがあるのだ。なお、少将以外の帝の腹心は『御猫』と呼ばれている。特別扱いの差が激しいことが、よくわかる。

「犬と猫って……、少将様はともかく、わたしも数えられているのですか？」

左の女御は、本人が特に猫好きというわけではないのだが、なぜか昔から猫に好かれる体質なのだと、同じ悩み（一芸？）を持つ同僚の女房から聞いている。後宮で、もし飼っている猫の姿が見当たらない時には、まず梅壺に問い合わせろ、といわれているくらい猫が集まってしまうのだ。特に紐でつないでいなくても、猫が逃げない唯一の殿舎が梅壺なのだ。

だから、女御ご本人は猫を飼っているつもりはない。それなのに、梓子が女御の飼い猫と言われるのは違うのではないだろうか。そう思う梓子に少将が反論する。

「私だって主上の臣下ではあるが、飼われているわけじゃない。まあ、女御に侍る女房たちは、主人の周囲に集まる猫っぽく見えなくもないから……」

語尾が消えて、御簾の向こうからはため息が聞こえてきた。

「……いや、お互いに飼い犬だ、飼い猫だと思っているなら、どっちも主に飼われているって話で間違ってはいないのだろう。……噂もごく稀に、我々が気づいていなかった真実を指摘してくれるものだということらしい」

少将は、手にしていた檜扇を少し開いて口元を隠して言う。唇を読まれないようにするのは、彼が世間的な彼らしくないことを言うときの癖のようなものだ。遠目に少将を観察している女房たちは、これに気づいていないだろうと思うと、少将が目の前に居ることを実感する。

「……少将様がお戻りになって、本当に良かったです」

彼の姿が消えた時、冷静にならねばならないと強く思った。それは逆に、自分が冷静ではいられないことを梓子自身がわかっていたということでもある。

少将がいなくなったことに焦り、冷静ではいられないと思ったこと。こうして、目の前に彼が居ることに深く安堵すること。これは、左の女御に仕える女房として持つべき感情を、きっと超えている。

「君の言葉として、そう言ってくれるんだね、嬉しいよ。……改めて『ただいま、小侍従』だね」

少将は檜扇を閉じると、御簾の下から手を差し入れた。御簾の端近、うっすらと透けて見える少将の表情に、やわらかな笑みが浮かんでいる。

「はい。おかえりなさいまし、少将様」

御簾の下から忍び込んだ少将の手に、梓子はそっと自分の手を重ねた。

肆話 もものえ

■序■

御簾の内、噂話に興じる声も聞こえなくなった深更に、梓子の局を訪ねてくる者が居る。宮中で『輝く少将』と呼ばれている当代一の色好み、右近少将だった。

「なにを真剣に読んでいるんだい？」

こんな時間に訪ねてくる者も、こんな時間に起きている者も、お互いしかいないことを知っているので、前置きの挨拶はない。

「最近は、なぜか文をたくさんいただいておりまして、言の葉に力がある歌であれば、モノを縛るのに採用しようかな……と」

梓子も広げた文から顔を上げることなく少将の問いに応じた。

「やめときなよ。……最近ますます噂になっている女房に、ちょっと文を出してみたくらいの歌じゃ、いざ縛っても、すぐ鎖を断たれてしまいそうだ」

ほぼ毎夜、少将が訪ねてくるので、半蔀の下半分は外したままだった。少将は、いつものように柱にもたれて話をする。その御簾越しに花の香りがした。少将の衣から薫っているのだろうか。梓子は、匂いをたどるように顔を上げて、御簾の向こうを見る。

「まあ、そうですね。日々この国でどれだけたくさんの歌が詠まれているか数えることも難しいですが、百年……いえ、千年先の世にも残るほど言の葉に力がある歌は、きっとほんの一握りなのでしょう」

梓子は、周辺に広げたままにしていた文を閉じた。

とても残念だが、モノを長く縛れるほどの言の葉の力がありそうな歌は、そうそうないのだ。歌の家と呼ばれ、有名な歌人を多く輩出する家であっても、歌徳を得られるほどの歌ばかりというわけにはいかない。そうかと思えば、詠み人知らずの歌であっても、古都奈良の時代に編まれた歌集に入っているとは思えないほど今も強く言の葉の力を維持している歌もある。

「そんなに歌がほしければ、思い切り言の葉の力が強そうな歌を、私が君に贈ろうか」

少将の提案に、梓子は飛びついた。

「いいですね、それ。少将様の歌、すごく力がありそうです。一度は御仏のお近くにいらした方ですものね！」

「……そういう理由でつくものなの？　言の葉の力って」

疑わしげに言われたが、梓子自身は、言の葉に力がある歌を詠めない側なので、そもそも、なにが歌徳を得られる言の葉の力を持つ歌を詠むコツなのかがわからない。御仏にお仕えして、それが可能になるなら剃髪してみるのも、悪くない。なにせ、宮中はモノが多すぎる。すでに物の怪となっているモノは、仏僧や陰陽師といった専門家に任せなんとか梓子に与えられた道具で片付けるとして、彼らが呼び出せない程度のモノは、なんとか梓子に与えられた道具で片付けておきたいのだ。与えられた仕事を全うするのが、梓子の信条なので。

「それにしても、なんとか少なくならないものですかね、この文の量は」

畳んだ文を受け取った日ごとに積み上げて眺めていると、ため息のひとつも出てくるというものだ。しかも、季節の花や枝葉を添えてくるので、局の中は色も匂いも混沌(こんとん)としてきている。怪異ならぬ異臭で騒動が起きかねない。

「律義に全部の文に返す必要はないよ。相手もちょっかいを出してみた程度なら、返事は期待していないものだからね。それに、相手に失礼がないように社交辞令として出す恋文というのも、ままあることだよ」

少将が、その手の社交辞令の文を送ることは、かなり罪作りな気がする。

「……それは、見分けも含めて新参女房には厳しいですよ。失礼がないようにどの文にも目を通して、返信だってしなければなりません」

帝付(みかど)の女房として高位の典侍(ないしのすけ)の縁者ということで、梓子は内侍所(ないしどころ)で上臈(じょうろう)に近い中﨟の扱いを受けてきた。それでも、宮仕え半年ちょっとの身で文の返信に差をつけるなどということはできない。それは、現在の主(あるじ)である左の女御の評価にもかかわるからだ。

「おかげで筆を持っていない時間がない感じです。いつも墨の匂いをさせているせいか、一部では『薄墨衣(うすずみごろも)の君』なんて新しい呼び名まであるみたいで」

呼び名が増える一方だと笑い話のつもりで言ったが、途端、御簾の向こうで柱にもたれていた少将が身を起こした。

「……それは誰が言い出したの？　どのあたりで呼ばれているって？」

少将の声が低い。いまの話のどこにお怒りの起点があったのだろうか。

「少将様？」

ちゃんと話を聞こうと二階厨子に文箱を置いてから、御簾に寄る。少将はすでに御簾の際に詰め寄っていた。

「薄墨衣なんて、喪服のことじゃないか。……小侍従が誰の庇護下にあるかをわかっていて言っているのだとしたら、ますます許されるものじゃないよ」

言われて、納得する。宮中はなにを言うにも遠回しな表現が多く、嫌味もまた遠回し過ぎて、言われても梓子にはまったく響かないことがある。今回もその一例だ。日頃、普段から自らを梓子の後ろ盾と言っているだけあって、少将はかなりのお怒りだ。梓子がどんな噂をされているかを、少将にそのまま報告したら、いったいどんなことになるのやら。

「……そういうことでしたか。本気で墨臭いって言われているのかと思っていました。どこで言われているかは、ご容赦を。わたしが近づかなければいい話ですから」

左の女御に仕える身である梓子は、記録係として傍らに居ることが多いが、そこは梅壺では新参の女房、お使いで後宮のほかの殿舎に行かねばならない時はある。どこの殿舎の女房も自分の仕える女御が帝の寵愛を受けることを願っているので、違う女御に仕える女房には、あたりが強いものだ。

「その言い方。普段よくいく場所ではないということか。そうすると、典侍様のところへ行く途中にある承香殿は外れるから……弘徽殿か」

さすがは、有能さでもその名を知られる右近少将、こういう頭の回転が速すぎる……。いや、それ以前に、この後宮は宮中で読まれている多くの物語に描かれる後宮とは異なり妃が少なすぎる。七殿五舎ある後宮で、現状妃の居所として使用されているのは、右の女御の弘徽殿、王女御の承香殿、左の女御の凝華舎（梅壺）の二殿一舎のみ。ほかの殿舎は、東宮が昭陽舎（梨壺）を、東宮妃が麗景殿を御在所としている。これでは、すぐに言い当てられてしまうのも無理はない。

先々帝の末の内親王である王女御は、帝の外戚になるため男児を産むことという、家からの至上命題を肩に乗せてはいない。したがって、家の至上命題を抱えて睨み合っているのは、どうしても弘徽殿と凝華舎になってしまうのだ。

なお、親王家出身の女房が多い承香殿は、行事等でどの殿舎よりも華やかで雅であることを至上命題としているので、行事の多い時期は、当たりが強くなる傾向にある。

「小侍従……。君は、左の女御様に仕えている身だ。君を悪く言う者は、間接的に左の女御様の評判を貶めようとしているのと同じことだ。自分一人で飲み込んで済むことではないから、ちゃんと言ってほしい」

さきほどの文の扱いと同じということだ。梓子は、御簾越しに頷いた。それで納得したのか、少将が詰め寄っていた御簾の前から引いて、再び柱にもたれた。

「……思うに『小侍従』と、いまだに内侍所の頃の呼び名が定着しているのが良くないのかな。後宮内に対して女房のお披露目会をするわけではないから、いまでも小侍従は、内侍所から梅壺に派遣されているだけだと思っている者がいるのかもしれないね。なにせ、梅壺に仕えるようになってから、ほぼ絶え間なく怪異関連で動いているわけだから、そういう役目で梅壺に派遣されているだけと認識されているのかな。小侍従でなく藤袴の名でもっと知られるようになれば、少しは違うのかもしれないけど、『小侍従』が『藤袴小侍従』だと訂正される時って、たいていは相手にとって、ほかで話したくないようなことがあった時だからなぁ……」

今宵の少将の恰好は宿直用の装束に冠、一応仕事姿のはずだが、柱にもたれて扇を手に呟く姿は、自邸でくつろいでいるかのようだ。相も変わらずその身に憑いた物の怪の影響を受けて寝不足なのか、月も傾く遅い時間であるせいか、気だるげな様子で呟いている。そこに色香をただよわせるあたりが、当代一の色好みのなせる業というものかもしれない。

「あとで君宛ての文を、私にも見せてもらえるかい？　君が梅壺の本採用でないと思い込んで、自分のほうへ引き入れようとしている者がいれば、左大臣様に報告して、裏から手を回しておくよ」

気だるげな声とは裏腹に、なかなか怖いことを言う。

「おおごとですね」

若干引きつり気味に応じた梓子だったが、少将は深いため息をついて、より硬い声色で語る。

「大事なんだよ。……内大臣様が三の姫の入内に向けて積極的に動き出した。左の女御へのお渡りを警戒しているようだ。まあ、あと……お二人が仲睦まじいというか、なんというか……なのは、後宮でも知れ渡ったからね。今後、後宮内の勢力争いの動きが活発化してくるだろう」

内大臣の三の姫の入内は、前々から噂にはなっていた。内大臣は、左大臣の長兄の息子だが、この叔父と甥の年齢差は八歳。政治の場では完全に政敵ではあるが、氏族の本流を傍系に譲らないという点では利害が一致していて、対右大臣派としては協力関係にある。

だが、帝の寵が左の女御に集中するとなると、内大臣としても黙って見ているわけにはいかないのだろう。三の姫は先ごろ裳着を済まされたばかりの十三歳。すでに二十代後半の帝からすると、妃として見るのには幼すぎる。ただ、噂によれば、この三の姫は、内大臣の妹で一時期は帝の寵愛を独占し、三年前に崩御された故中宮に面差しがよく似ているという話だ。

「内大臣様の主催で近く行われるという花の宴も、入内の布石なのでしょうか?」

後宮は、現在その準備でバタついている。主催する内大臣家は、東宮妃を出しているが、現状では帝の妃は出していないので、内大臣家からの女房は後宮に多くはいない。東宮妃に仕える女房だけでは宴の準備に人手が足りていないため、内侍所や各殿舎から手伝いを出している状態だ。

故中宮に似ている内大臣の三の姫が入内するとなれば、右の女御は今よりさらに分が悪くなる。右の女御に仕える弘徽殿の女房たちとしても内心穏やかではない。なのに、花の宴のお手伝いを出し、様々な手配に追われているのだ。それは、苛立ちのあまり、擦れ違うほかの殿舎の女房に嫌味のひとつも投げつけたくなるだろう。もっとも、内心穏やかではないのは、左の女御に仕える梅壺の女房たちも同じなのだが……。

「おそらくね。……内大臣様は、手を尽くして探させた特別な桃の木を、主上に献上するそうだ。そのお披露目の宴ということになっているけど、本音は三の姫の女御入内を前に内大臣家に注目を集めておきたいのだろうから。桃の花は音にすると『桃花』だ。これは、故中宮の女御時代の御在所である登花殿に掛けたものとして選んだのだろうね」

桃は『古事記』にも描かれる、神代の昔からこの国にある樹木だが、梅や桜、藤の花と異なり、殿舎の中庭（壺）には植えられていない。

桃花で登花殿とは、本当に宮中は遠回しな言い方が好きすぎる。

「演出というやつだね。内大臣様は昔からそういう凝ったことを好まれる方だった」

少将は冷めた言い方をした。

前関白の後嗣として元服直後の初出仕の時から殿上人であった今の内大臣には、一時の謹慎に収まらず、都を離れねばならなくなるほどの不祥事を起こした過去がある。あろうことか先帝に矢を射かけたのだ。京中が大騒ぎになったこの不祥事は、最終的には、氏族の長を巡る政治的な問題として処理された。そのため、左遷からわずか一年後には朝廷への復帰が許され、今では内大臣にまで昇った。

だが、その射かけられた先帝は、少将にとって父方の伯父である。内大臣に対して、心情的な許せなさが加わって、冷めた心地にさせているのだろう。

「それにしても、桃の木を献上されるには、やや遅くないですか？　桃の見頃としては、かなりギリギリですよね」

話の方向性を変えるつもりで、梓子はその疑問を口にした。献上してすぐに落花したのでは、縁起が悪いと責められかねない。

「いい庭師が居るのか、内大臣様が今回献上する桃の木は、花が長く咲くものらしいよ。ただ、内大臣様としても本当はもう少し早い時期を予定していたらしい。献上の時期がズレたのは、三の姫の入内まで、できるだけ日があかないように調整するためだという話が出ているね」

入内への注目を集めるのが狙いなのだから、桃の木の献上から入内までに日があいてしまっては、効果が薄れるという話らしい。

「噂では、三の姫は妾腹の娘だったのを、故中宮様に似ているからと内大臣様が自邸に引き取り、北の方様に養育をさせたらしいのだけど……見た目だけでなく中身も故中宮様に似せるのには当初の予定よりも時間が掛かったようだよ。それで、こんな桃の盛りとしては遅い時期にまでなったって」

それは裏を返せば、内大臣がお通い先の女性に、帝(みかど)の妃となる可能性がある女児を、しっかり養育させていなかったということになるのではないだろうか。

「都を離れておいでの時期にお通いの方だった……わけがないですね」

三の姫は、十三歳という話だ。入内を急ぎ、多少年頃を誤魔化したとしても、見た目に裳着を行える年頃にはなっているはずだから、少なくとも十一、二歳にはなっているに違いない。内大臣が京を離れていたのは七年ほど前のことで、当時お通いの女性が生母では、裳着の年齢にはとうてい間に合わない。

「ということは、都に居られる頃にお通いだったにもかかわらず、養育に必要な手配をなさっていなかったのですか？」

殿方の通いが途切れることは、よくある話である。だが、上達部(かんだちめ)にとって、自分の血を引く女児は、ある意味、男児よりも大事な存在だ。上達部の娘は、帝や東宮の妃として内裏に送り込むことができる。妾腹の子であろうとも娘は娘、早々に本宅に引き取って、正妻を養母に立てて、養育に力を注ぐものなのだ。

「うん、そのようだね。でも、三の姫の生母は、それなりに由緒あるお血筋らしいよ。なんでも、古都の神事に関わった家の末裔(まつえい)だとか。まあ、いくら正妻格が養育した姫であっても、生母の身分が低すぎては、帝に入内させるわけにいかないからね」

内大臣は、若い頃から通う女性が多いことでよく知られている。熱しやすく冷めやすい気性という話もあるから、足が遠ざかった相手が産んだ娘が、帝の寵姫であった妹に似ていると知ったこと自体が最近なのかもしれない。

「入内のために、長く放置していた女性から娘を奪い、北の方さまに育てさせた……ということですよね。なんだか醜悪な話です」

梓子の場合、母が亡くなった時に父親側に引き取られることなく乳母の大江が引き続き養育することになったわけで、ある意味、いまもって放置されたままともいえる。

大江は梓子が幼い時のことを詳細に語ったことはない。少ない話を繋ぎ合わせると、梓子の父親が、梓子の母親を自身の屋敷に囲っていたところ、正妻が嫉妬して嫌がらせをしたために、母親は実家に避難し、梓子が生まれたのちには、乳母となった大江の実家の屋敷に避難したそうな。だが、心労から母親は病を得て、梓子が物心つく歳になる前に亡くなってしまった。だから、梓子は父親を知らない。ただ、父親が誰だとわかり、そちらに引き取られたとしても、母が逃げ暮らした経緯を考えると幸せにはなれなかっただろうから、放置されたままのほうがありがたい。母を追いつめた正妻に養育される自分など、想像したくない。

そう考えると、内大臣の北の方による三の姫の養育に時間がかかったというのは、本当に三の姫側にだけ問題があったのだろうか。『くもかくれ』の件で関わった、夕顔の個別名を与えられていた女房の境遇を思い出す。梓子は少しばかり胸がざわついた。

「まあ、でも、内大臣様が狙っている流れは、物語じみた、ただただ綺麗なものだよ。……新たに内裏の花に加わった登花殿の桃の木を眺めに来て故中宮様を偲ぶ主上に、故中宮様を思い出させる歌のひとつも詠んで興味を持ってもらい、御簾に寄れば懐かしい香が鼻先をかすめるわけだよ。『これは、あの人と同じ香……』なんて思って御簾を上げれば、愛した人にそっくりな少女がいる、という感じかな」

押し黙ってしまった梓子を宥めるように、少将がやわらかい声音で語る。

「それは物語の中だから綺麗に思える流れであって、狙ってやられては、かえって冷めてしまうのではあるまいか。

「本当に物語のようですね」

呆れる梓子を、少将がさらに宥めてくる。

「そういう演出だからね。そして、主上は在りし日の幻影に酔って、そのまま登花殿という桃源郷にお泊まりになる……までが、内大臣様の企てにある流れなのだろうけど。まあ、最近の主上が、その演出を喜んで、乗っかるのかは疑問ではある」

少将は少し開いた扇の裏に口元を隠している。

「それは、あまり品のよろしくない発想です」

咎めれば、少将は扇を下げてから御簾に寄った。

「主上だけが狙いかはわからないから、君も気をつけなよ。花の宴のために、多くないとはいえ内大臣家から手伝いに出した女房というのも後宮内に入っているらしい。主上が梅壺に行けなくなるような女房の失態を仕掛けてくる可能性もある」

ひそめた声が、嬉しくないことをささやく。

梓子が無言で頷いて見せると、少将は再び手にした扇で口元を隠し、今度は深いため息をついた。

「そういう私も、今回の宴では気をつけねばならないかな」

「どうしてですか？」

少将が左大臣の猶子であるために、内大臣に目をつけられているのかと思えば、そういう話ではなかった。

「内大臣と懇意にしている、とある公卿からの縁談の話をずっと断っている。……今回みたいな件では、酔っているところを狙われる可能性がなくはない」

「狙われる、というのは？」

何か嫌がらせでもされるのか、という予想もまた裏切られた。

「眠気に負けて宴会場で、ちょっとうとうとしていたら、気がつくと、どこかの姫君とご一緒だったとかね……。それで外堀を埋めて、私を左大臣側から引き抜こうという話だよ」

ある種、究極の嫌がらせと言えるかもしれない。少将は帝の寵臣である。添えがあれば、帝のお渡りを促すことも可能だと思っている者は多い。その意味で左大臣側からの引き抜きの意義は大きいと思われてもいるのだ。

「宮中って……怖いところですね。あっ、いいこと、思いつきました！」

手を打った梓子に、少将が広げていた檜扇を突き出す。

「待った。その手の前置きは、経験則的に絶対にいいことじゃない」

絶対いい提案だと、梓子は少将の制止を振り切って、思いつきを口にした。

「少将様、宴会場で転寝などせずに、がんばってこの局までいらしてください。わたしの局で休めば、狙われる心配ないですよ！」

突き出された檜扇で少将の表情は見えない。ただ、唸り声にも聞こえる短い呟きのあとで、今度は聞こえるように梓子を説教した。

「小侍従、それが周囲からどう言われるか、冷静に考えなさいな。……それこそ、帝と左の女御、左大臣様も巻き込んで、外堀を埋められるよ？」

少将は最大に広げた扇で口元だけでなく顔も隠して、先ほどまでとは比較にならないほど、大きなため息をついた。

■　一　■

内大臣主催の花の宴は、当日の昼頃に始まった。内大臣が帝に桃の木を献上し、寿ぎの和歌が詠まれたあと、紫宸殿の南庭で舞楽が行われた。今回は、和歌を詠むのも舞楽も内大臣側の人々で供されたので、左大臣側の右近少将は、ほかの殿上人と並んで、いつも以上に貼りつけた笑顔で時を過ごしただけだった。

会場を綾綺殿に移して酒宴が始まると、顔を売るために積極的に動くのは内大臣側の者たちで、少将はここでも、できるだけ目立たないよう、席を動かずにいた。

酒宴の席のそこかしこから、献上された桃の木を讃美する言葉が聞こえてくる。

「いい花だったが……少しばかり怖くもあったな」

南庭で見た本来の今日の主役、桃の木を思い出し、少将は酒器を傾けた。

遠目ではあったが、見事な桃花だった。ただ、美しすぎるその姿は、春の花なのに、どこか冷たい印象を受けた。

「例のニオイとも違うんだけど……」

牽制し合って酒を注ぐ女房たちが必要以上に近づいてこないのをいいことに、少将は一人で考え込む。その近づきがたい空気をものともせずに声を掛けてくる人物がいた。

「兄上、おとなりよろしいですか？」

顔を上げると左中将だった。

「……これは、左中将様。私から行かねばならないところを」

宴会の席は、ほぼ位階で決まる。五位の少将と四位の中将とは席次が近いとはいえ、四位のほうが上座だ。下座に降りてくることはほぼない。

「いえいえ、先日は、『兄上』にお助けいただきましたから」

中将のほうから少将に声掛けした理由を、左中将がおおらかさに乗じた声の大きさで周囲に聞かせる。そんな理由をつけられたら、少将も少し横にズレて左中将を迎えるよりない。

「見られていますね……あれは、宴に乗じて、ぜったいに声をかけてきますよ」

言いながら左中将は少将のとなりに腰を下ろし、檜扇を取り出すと大きく開いた。その裏で密かに問う。

「お気づきではないのですか？　丁子大納言様が上席から兄上のほうをしきりに気にしておられますよ」

やはり狙われているのかもしれない。少将は左中将が開いた扇の端から上座を確認し、ごく小さく頷いた。

丁子大納言は、小侍従にも話した、縁談を断り続けている相手の父親だ。

「……すみません。どこからか視線を感じることが多い身なので、こう……気づかぬようにと申しますか、鈍感になるようにしていて」

宴席で丁子大納言には近づきたくない。視線は無視しよう。目が合えば手招きされかねない。視線に気づかなかったことにするのが、最善だろう。さすがに大納言は、左中将のように下座へ降りてはこないだろうから、それでなんとかなるはずだ。

小侍従が聞いたら、また宮中は遠回しな言い方が多すぎると呆れそうだ。もちろん、左中将にはこれで通じる。左中将が檜扇を下げて、閉じた。

「ご苦労が多いのですね。……同じ『父』を持っておりますが、私は三条の御方様側ではないので、あまりこうしてお話しすることもなかった。これからは、もう少しお近づきになれると嬉しいです」

彼もまた少将に視線を注ぐ相手の話はもうしないことにして話を変えてくれた。

左中将も左大臣の子の一人だが、同じ左大臣の妻（公的に認められた存在で、妾ではない）でも、左の女御とは母が異なる。少将は、母親が、中将が言うところの三条の御方の姉妹であった縁から左大臣の猶子になった身なので、扱いとしては三条の御方側である。普段住んでいる屋敷が異なるので、これまでは少し距離があったが、先日の『くもかくれ』の件で、こうして酒の席で話せる仲にはなれたようだ。

「こちらこそありがたいことです。お注ぎしましょう」

少将は近くの銚子を手に取り、左中将の酒器に酒を注ぐ。

「……私が『助けた』とおっしゃったが、同じくモノに捕まった身です。労われるべきは、藤袴でしょう」

「姉上の記録係ですね。不思議な術を使うようですが、あれはどういった系統のものなのでしょうか」

左中将は、左の女御との交流はこまめにとっている。その関係で、記録係についても色々と聞いているようだ。

「母方から継いだものらしいのですが、その母親を幼い頃に亡くしているため、本人も詳しいことを知らないようです。母親が亡くなった後は、乳母に養育されていたと聞きました。ただ、この乳母は彼女の母方の祖父が友人を通じて手配したらしく、彼女の父親のことも、母方の家のこともほぼ知らないらしいです」

小侍従の手元に残されたのは、モノを縛るための道具と、その道具の使い方だけだ。

少将はこの件について、あえて深追いしてこなかった。小侍従が父親捜しを望むならいくらでも手を尽くすが、こちらから積極的に動くことはしないようにしてきたのだ。母親が正妻の嫌がらせから逃げた件も聞いているから、少将がよけいなことをして、父親側、特にその正妻に梓子の存在を知られるほうが、良くないことになるだろうから。ただ、小侍従の家の問題でなく、あの道具とそれを使う人々に関しては、少将も気になっている。

「乳母殿は典侍様と姉妹だとか。典侍様の家というと……武家源氏ですよね」

同じ源の氏を持っていても、公家と武家とで分けて考えるのは、左中将の母親が公家源氏の流れにあるからだろう。そう思う少将も母方が公家源氏である。しかも、母方の祖父は一世の源氏。武家源氏とは違うという意識が強く、徹底して子、孫に詩歌管弦、有識故実を叩き込んだ人だった。また、少将自身、父親王の出家により氏を賜り、臣下に降った二世の源氏である。

いつだったか、小侍従が、在原業平と比したことを思い出す。たしかに同じように、親王の子に生まれ姓を賜った身だ。あちらは、最後には従四位上の右近衛権中将だったか。さて、自分はどこまで行けるやら……。

そう思って、傾けかけた酒器を戻す。傍らに置いた檜扇を開き、少将は口元を隠した。

「……まいったな。なにを希望することもなく生きていくつもりだったのに、官位の刻みを気にするなんて」

誰かさんのせいで、どうやら生きることに欲が出たらしい。

「どうされました？」

左中将が問いかける声にも、つい、『誰かさん』を思い浮かべたまま応じていた。

「いえ。……彼女が武家源氏の中に育ったからなのか、詩歌管弦の類は苦手だと言っていましたよ。たしかに、彼女の和歌は少しばかり情緒に欠けるところがあるから」

そもそも、小侍従の歌に対する善し悪しの判断基準は、歌徳を得られるほどの言の葉の力を持っているか否かにあって、歌に込められた情趣は二の次なのだ。そのせいで、作る和歌も、言葉選びに重きを置いていて、本人の気持ちは置き去りだ。

「兄上。それは彼女と『情緒のある歌を交わしたい』と言っているように聞こえますよ」

左中将の呟きに、一瞬ヒヤッとする。檜扇で目元近くまで隠して、口角が少しばかり浮かれて緩んだ頬も見えないようにした。

だが、予想に反して左中将の瞳には、穏やかな光があった。腹の中がどうであれ、こういう目で相手を見ることができるのは、一種の才能だ。

「……なるほど。左中将様は、左大臣様によく似ておられる」

怖い人だ。左中将は、左大臣似の人を動かす才能を持っているようだ。

己自身に突出した政の才がなくても、周囲の人々をうまく使って政を転がす。それが、当代の左大臣の才覚だ。二十五になった少将は、左大臣の長兄で八年ほど前に亡くなった前関白を知っている。人を惹きつける能力があり、同時に周囲を見る目があり、政を進めていくための才覚も野心もあった。少将の目に、前関白は『ギランギランした人』だった。それは、左大臣の次兄も同じか、むしろ野心があからさまで『ギランギランした人』であった。そんな人たちが政の場を仕切っていたのだ、そもそも世を儚みがちな父親王が政に興味がなくなるのも致し方がない。

そんな彼らに比べると、左大臣は『キラキラしたい人』なのだ。政の才覚は長兄・次兄に劣り、そのことに自覚があり、長兄・次兄より上に行くことはないと本人が思っていたので、やや野心に欠ける。

それでも、氏の長者を継ぎ、家は権勢を維持している。長兄・次兄の陰に隠れて目立たなかっただけで、左大臣にも政治家としての才覚はあった。それが、周囲の人々をうまく使うことだったのだ。左大臣は、自身の才能より他者の才能を強く信じ、尊重し、頼みごとが実にうまいのだ。そこには、相手の才能を見定めることだけでなく、相手をよくよく観察し、快く動くように仕向ける能力というのも含まれる。

「その点も、お礼申し上げたいところです。私の不在に父上がすぐ動かれたことで、父上が三条の御方様との子でなくとも私には目を掛けていると、私の評価が上がりました。

そうなってみて、周囲の皆さんが気づいたようです。……私が父上に似ているということに」

これは三条の御方側の御嫡男も油断できないところではないだろうか。今宵の宴では、丁子大納言にだけ搦め捕られないように気を付ければいいと思っていたが、目の前の人物もなかなか油断ならないようだ。

「そこも、礼を言うべきは藤袴であり、左の女御様でしょう」

左中将から一歩引くつもりでそう応じると、今度は下座のほうから声がかかる。

「わたしがどうかいたしましたか？」

聞き分けの耳を使うまでもなく、この頃はすっかり聞き慣れた小侍従の声が、御簾越しでも几帳越しでもなく、ごく間近から聞こえた。

■　二　■

日頃は御簾や几帳を隔ててなどといっているが、宮中での酒宴となれば、酒器を手に盛り上がる殿方たちの間を、顔を晒した女房たちが行き交っている。ある者は追加の酒を手に、ある者は早々に潰れた殿方を簀子まで案内するために動いていた。こんな時ではあるが、御前の宴であり唐衣と裳が必須の正式な女房装束をまとっているわけで、仕事感に溢れている。

春の花の献上に伴う宴なので、装束の色目もそれぞれに春の趣向を凝らしていた。主催が内大臣であるため、東宮妃に仕える女房たちも酒宴の接待役に出ている。これに従い、ほかの殿舎の女房も数名ずつ出ているわけだが、それぞれの殿舎で気合を入れた衣装を着せて酒宴に派遣しているのだ。どこを見ても華やかな色に溢れ、それがまた殿方の酒の進みを早くしているようだ。気になる女房に声を掛けるなら、追加の酒を頼むついでというのが、自然な流れだからということらしい。

そんな中、梓子も、左の女御から賜った衣でお手伝い中だ。藤袴の個別名を定着させるために、藤袴の色目をまとっているわけだが、藤袴の色目は表も裏も紫。春の色である藤の色目に近いが、元が秋の色であるため春の華やかな色目が多い中ではあまり目立たない。もちろんこれは内大臣家の女房たちに花を持たせる意図があるので、狙い通りのはずなのだが、その地味さがかえって気負いなく声を掛けやすくしているのか、酒宴が始まってすぐから色々と声がかかり、ひとところに留(とど)まることなく働きまわる羽目になった。

藤袴の名を口にする間もなく動き回った梓子が、ようやく会場の端っこに控えていられるようになったのは、月も傾いた頃になってからだった。この頃になると殿方たちは、どなたも酔いが進んで、酒器を手に大声で笑ったり、いきなり数名で奏楽を始めたり、賽(さい)の目を競って賽筒を振り回したり、即興で歌合をしていたりと、会場はなんだか混沌(こんとん)とした状態になっていた。

この狂乱のどこかに少将もいるのだろうが、書き物ばかりの生活で、遠目が利かなくなってきた梓子には探せそうにない。

「……礼を言うべきは藤袴で……」

耳に飛び込んできた声に、追加の酒を頼まれたのかと思い、振り返る。

「はい、ただい……ま……、少将様」

視線の先、少将が左中将と話をしていた。

「わたしがどうかいたしましたか？」

二人の近くへ膝行し、梓子は問いかけた。

少将が「藤袴」と梓子のことを個別の女房名で呼ぶことはないので、なにか自分のことを話題にしていたのだろうと思ったからだ。

「藤袴殿ではないですか。先日はお助けいただきありがとうございました」

左中将から礼を言われるとは、梓子は慌てて平伏しようとして止められる。

「酒宴の座でそれをすると、なにか粗相があったように見えるから、なしでね」

「す、すみません……」

再び平伏しかけて二人に止められた。

「まだ酒を配っていたんだね。宴もこのくらいの時間になると、自分で酒を持って席を移動する者が多いから暇でしょう。会場に集っている者たちは、明け方までこのままだから、適当に局に下がって、片付けの頃に戻ってくるのもありだよ。上の方々も、ほぼほぼご自身の直廬に下がられたしね」

言われて上座のほうを見れば、たくさんの人に囲まれていた主催者である内大臣のお姿もない。少将の言うように直廬に下がられたのだろう。直廬は、皇族、大臣や大納言が、寝泊まりや休息のために宮中に与えられた部屋である。上の方々も酒宴のあとは、牛車に乗ってお屋敷に帰るのは面倒になるらしい。上座を見たついでに会場を見渡せば、遠目の利かない梓子でもわかるほどに宴が始まった頃よりも女房の数が減っていた。

「少将様は？」

「私の位階では、まだ会場の端から端まで見渡して、ひと刻みでも上の方が居る限りは、お付き合いするのが仕事だよ。……このとおり、左中将様も、まだいらっしゃるわけだからね」

少将が梓子の持っていた銚子を笑って取り上げた。それを見ていた左中将もまた笑って、梓子にささやく。

「渡しておきなさい、藤袴殿。少将は、君に局に戻ってもいいのだと言いたいだけだ。私も同意見だな。酒癖の良くない者に捕まる前に局に戻るといい。酔って粗暴を晒す者は、君が普段相手をしているモノよりも、数段性質が悪い」

元々廂の端に居た二人がその間を空けて、梓子が簀子のほうへ出やすいようにしてくれる。二人に気遣われた。

左中将も少将も、梓子からすると雇い主の兄弟で、その命令は雇い主である左の女御に準ずる重さを持っている。二人に言われて下がったのなら、手伝いを頼んできた内大臣家の女房たちも文句は言えまい。そもそも、左中将と右近少将という宮中でも特に目立つ公達の二名に言われて、嫌ですとは、どんな女房にも言えないだろう。

「ありがとうございます。それでは、お先に下がらせていただきます」

今度は挨拶として平伏し、そのままの体勢で簀子へと下がった。

「どこにも寄らずに戻るんだよ。……また、朝の片付けの時にでも会おうね」

廂と簀子を区切る御簾が降ろされる刹那、少将の小さなささやきが聞こえた。

会場を満たしていた酒気に今更になってあてられたように梓子の頬が熱くなった。


ただ、そんな甘い気分もわずかにして冷めた。

酒宴の会場は廂までだが、その外の簀子も安全ではなかったからだ。いや、逆に簀子のほうが危険と言える状態になっていた。簀子には会場から逃げてきたと思しき、酔った殿方がところどころで高欄にもたれていた。

これは、さっさと通り過ぎねばなるまい。そう思って簀子を進んでいたが、急に後ろに衣が引っ張られる。見れば、高欄にもたれる者の右手が、梓子の着る女房装束の裳の端を握っている。こちらを見ているわけではないところが、ちょっとした怪異だ。

「お離しください」

言いながら裳を引いてみたが、その右手は裳を離さないどころか、握ったまま少しずつ引き寄せようと動いている。

先ほどまでより怪異の度合いが増しているではないか。なるほど、これはたしかに、モノより数段性質が悪い。

「やめてください！」

思い切り裳を引いたところで、後方から声がかかった。

「やめなさい。酔ったふりをして女房をかどわかす腹か。見苦しい」

高欄にもたれて、隠していた顔が一瞬上がるが、すぐに、ヒッと短い悲鳴を上げて、再び伏せられた。裳に伸びていた右手も飛びのいて、高欄を握っていた。

「もう大丈夫だろう。……と、藤袴だったのか？」

相手が誰か気づき、梓子は慌てて平伏した。

「……こ、これは……主上」

高欄にもたれた男のほうは、酔ったふりを決め込んでいる。だが、全身が小刻みに震えていた。主上に直言で咎められるなど、もう人生終わったなと思わずにはいられないのだろう。

だが、酔って寝たふりを決め込んだ演技も虚しく、主上が連れている護衛の一人に目配せし、高欄にもたれている殿方は会場に放り込まれた。

「恐れ多くも、主上にお助けいただくとは……」

「よいよい。無事でなによりだ」

軽く促されて顔を上げた梓子だったが、正直なところ平伏し足りない心地だ。

「あの手の者のことは気にすることはない。……見たところ、梅壺に戻るのか？　ちょうどいい。私も左の女御のところに顔を出す。付き添いなさい」

大変ありがたい命令だった。簀子に出ている殿方はまだいる。帝の付き添いであれば、さすがに足止めされることもないだろう。

「酒宴の席で右近少将には会えなかったのかい？」

帝の少し後ろについて会場を遠ざかると、帝が問いかけてきた。

「いえ、お会いしました。左中将様とお話をされていて、お二人が簀子に逃がしてくださいました」

なぜ少将に会ったか否かを問われたのかわからぬまま、梓子が事実だけを答えると、帝が足を止めてため息をついた。

「まったく、あの二人もまだまだ脇が甘いな。酒宴の外とて、局に帰るまでは、どこになにが潜んでいるかもわからないというのに、藤袴を一人で戻らせるとは。次からは局まで送り届けるよう、私からきつく言っておくよ」

そう言って、帝が廊下の先を睨む。護衛が歩み出て、柱の陰から引きずり出した人物を会場のほうへ向かわせた。冗談ではなく局に帰るまでの間には危険が潜んでいるものらしい。宮中とは本当に怖いところである。

「ですが、少将様も酒宴の席を軽々に離れるわけにもいかないようでしたので……」

「藤袴が気にすることはないよ。少将を叱るフリをして、周囲で聞いているだろう先ほどのような輩に警告するだけだからね」

上に立つ者は、常に目先のひとつではなく、いくつかの効果を狙って事を起こすものだと、かつて聞いたことがある。先ほどの話を出したのも、柱の陰に潜んでいた人物への警告だったということなのだろう。梓子としては、被害に遭う女房が一人でも減るのならば、いくらでもご利用いただいてかまわないと思うわけだが。

狙うといえば、酒宴で狙われているのは、少将のほうだった。大丈夫だろうか。

「あの……、少将様は大丈夫でしょうか？　今回の宴では、どなたかに酔ったところを狙われるかもしれないとおっしゃっていましたが」

つい聞いてしまった。だが、帝以上に帝の護衛の一人が慌て出す。

「しょ、少将様が狙われているのですか？」

「こらこら、落ち着きなさい。藤袴がびっくりしているよ。……たしかに少将は昔から女性だけでなく、男性からも懸想文を渡されることが多かったけど、藤袴が言っているのは、女性のほうだよ、きっと」

帝が若干楽しそうに言うが、梓子も侍従に次いで慌てた。

「え、……はい、わたしの話は女性関連ですが……。で、でも、待ってください、男性にも狙われる可能性があるのですか？　それでは、酔った殿方ばかりの会場に居るのは、大変危険なことなのでは！」

会場に戻って少将を回収するべきでは……などと考えていると、帝が笑い出す。

「大丈夫だよ、藤袴。まだ会場には少しくらいは女房たちが残っているだろう。女房同士が牽制し合っているのはもちろん、彼女たちは酔った少将を連れ出そうとする怪しげな輩も牽制している。少将の場合、朝まで会場内にいるほうが安全といえば安全だよ」

それは、少将が危険に囲まれているようにしか聞こえないのだが。

「まあ、私の寵臣に手を出して、私の機嫌を損ねたい者が居るとも思えないけどね」

一番危険なのは、帝ではないかという気がしてきた。

「ところで、藤袴。例のこの時期でも枯れていない桃の花を、その目で見たかい？」

桃の木は、早々に後宮奥の登花殿に運ばれることはなく、誰もが眺められるように、一晩南庭に置かれている。

「いえ。今回、お声がけいただいたのは酒宴のお手伝いのみでしたので」

もっとも梓子の位では、昼の宴の席に並んだとしても、南庭から遠い席にしかならないだろうから、どっちにしても見えないだろう。

「そうか。では、少し見よう。……良い枝があれば、歌に添えるのも悪くない」

まだまだ花の盛りを維持する桃花の枝に歌を添えて贈る。これが、自分が持ち合わせていないと言われている情緒というものか。梓子は、帝やその護衛からは見えないように顔を横に向けてから歯嚙みした。

「ちょうどいい。おまえたちもひとつ詠んでみなさい。……藤袴もどうだ」

帝は護衛たちに声を掛けてから、梓子にも話を振った。

「……わたくし、記録係でございますので、皆様の歌を書くお役目ということに」

歌は、都の貴族の必須教養だが、どうにも苦手だ。なにせ、歌徳を得られる言の葉の力が強そうな歌を探す日々だ、いい歌ばかり見ているために、どうやっても自分の歌が見劣りしてしまう。元々自信などないが、いまや苦手だといってしまえるほどに自ら歌を作りたくなくなってしまった。

「能筆で知られる藤袴の筆では文句は言えないな。よい、私が詠むとしよう。うんと、アレ好みの甘い歌を詠むか」

その「アレ」とは、どなたのことなのだろうか。左の女御か、あるいは、桃の花の献上の返礼と考えるならば、内大臣のことかもしれない。

想像を巡らせながら南庭に降りると、桃の木の近くに佇む先客がいた。

染めた色味や絵柄に趣味の良さを感じさせる下襲の裾をつけ、月明かりに浮かび上がる凝った文様が美しい縫腋袍をまとった殿方だった。一目で上達部とわかる空気と表情を持っている。

相手は、こちらに気づくと少し首を傾けた。その所作の優美さに、梓子だけでなく、帝の護衛たちまでも、ほうっ、と吐息した。

「ああ、主上でしたか。このようなところへいらっしゃるとは、どうなさいました？」

「内大臣か。そなたこそ、なぜここに？」

お互いに言っている内容は、ごく普通の問いかけだ。だが、帝の声には、なにか背筋が冷たくなるものを感じる。この時点で、梓子は一歩下がった。帝の護衛たちにいたっては、三歩は後ろに下がっていたが、女房装束はそこまで素早く動けるようにはできていないのだ。

ただ一人、前進した帝は、内大臣に尋ねる。

「もしや、今になってこの桃の木が惜しくなられたか？」

帝の言い方は、内大臣が惜しいと答えたなら、すぐにでも返すと言いかねない気がして、ハラハラする。

「主上に献上するために探させたものです。なにを惜しむとおっしゃるか」

内大臣は、帝の隠さない言葉のトゲをさらりと躱す。見た目の年齢以上に、余裕と貫禄があると思ったが、よく考えたら左大臣と八歳差、三十路はとうに超えているわけで、年下の帝のあしらいにも慣れていらっしゃるのかもしれない。

「ここに居りますのは、……鬼が捕まっていないか見に来たからでございます」

話の方向性が変わった。帝はチラッと後方を、梓子のほうを見てから、内大臣に向き直ると、今度は帝として問うた。

「鬼が……捕まる？　面白そうではないか。どういうことか子細、申してみよ」

帝の問いに、内大臣は目を輝かせて桃の花を見上げると詩歌を朗詠するような周囲に響かせる声で語りだした。

「この桃の木は、イザナギノミコトが鬼を祓った桃の木の裔と言われております。花の咲く時期は、その木の下に鬼を閉じ込めて出られなくするという話がございます。宮中は、とかく鬼、物の怪の多い場所。ここでならば、もしや……と、真偽のほどを確かめたくなりました」

酔っているせいだろうか、内大臣の物言いはとても帝を相手に話しているとは思えないものだった。それだけではない、視線もどこか冷たい。なぜ、そんな目で帝を見るのだろう。なお、応じる帝の声は、もっと冷たい。

「……それは、ずいぶんとまた希少な木を出したものだね。そなたなら、手元に隠しておきそうなものなのに」

空気がひりひりする。梓子は、視線だけ動かして帝の護衛のほうを見た。なぜだろう、護衛は、明らかに不穏な空気を出している帝よりも内大臣のほうを警戒している。

たしかに、内大臣といえば、先帝に矢を射かけたことで都を離れた過去がある。だが、それでもあの事件は、先帝が退位したあとのことだ。だから、いいというわけではないが、今上帝を相手に、なにかことを起こすというのは、さすがにありえないのではないだろうか。

内大臣は帝と護衛の反応さえも冷笑で受け流し、再び桃の木を仰ぐ。

「登花殿の庭に植えていただくのですから、強力な木でなければなりません。……これから先、百年二百年……いえ、千年先の世においても、登花殿は宮中で最も守られた場所になる必要があるのですから。少なくとも、次代のために……」

内大臣は大君を東宮妃に出している。東宮は内大臣の大君を寵愛しており、内大臣の期待も次代での外戚狙いに傾いているという話もある。三の姫の入内は、あくまでも、帝の寵愛が左の女御に傾くのを牽制するためだけだとも。

だから、『次代のため』とは、東宮が即位し、大君が登花殿に帝の女御として入った時のことを言っている可能性が高い。だとしたら、今上帝の退位を望んでいるような発言であり、とてつもなく不敬である。などと、内心の憤りから睨んでいたら内大臣と目が合った。

「……宮中は、まこと鬼が多いですな。帝の背後にも、ほら、鬼がきておりますよ」

内大臣は嫌な感じしかしない笑みを浮かべ、こちらを見ている。

鬼とは失礼な、と思うも、後宮では『あやしの君』『モノめづる君』で知られる梓子である。帝も護衛の者たちも内大臣がそれらの噂を知っていて冗談を口にしているのだと小さく笑う。

「なるほど、内大臣も御年ということか。常の人と物の怪の見分けもつかないとは」

帝に至っては内大臣のことも笑ったのだが、これは梓子にも突き刺さった。

梓子は、モノが視える。だが、常の人と『常の人の姿形に似せた物の怪』との見分けがつかないのだ。

いますぐにでも『くもかくれ』したい気分だ。梓子が、一人いたたまれない気持ちでいるところに、内大臣がかすれた声で呟いた。

「そこに居るのが、常の……人ですと？」

先ほどまでの優雅さは失せ、口を半開きにして、目も見開いた状態だ。本当に鬼だと思って言っていたというのか。とことん失礼な人だ。

「もちろんだ。ほら、ちゃんと喋るぞ。なあ、常の人たる女房よ？」

驚いた内大臣の表情が面白かったのか、帝が、からかい含みに女房を臣下に紹介するというなかなかあり得ない状況が発生していた。

「主上のおっしゃるとおりです」

これは梅壺に着いてからもからかわれそうだ。梓子は、ため息を呑み込んで帝の問いに応じた。

内大臣は帝の紹介に眉を寄せ、凝らした目で梓子を見据えている。

「なんだ、内大臣。……本気で、この女房が物の怪の類に見えているのか？」

帝が内大臣に明らかな不快を示し、護衛に目配せして、内大臣の視線から梓子を隠してくれる。

「い、いや、そのようですな。……常の人が物の怪に見えるとは、本当に酒が過ぎていたようです。失礼のなきよう、御前を下がらせていただきます」

内大臣は立礼ひとつで踵を返し、その場を離れていく。帝でさえも声を掛ける間もないまま、この場にいる者たちでその背を見送った。

「最初から最後まで失礼なことしかしなかったのではないか、あの御方は……」

内大臣の視線から梓子を隠してくれた護衛の一人が、苛立たしげにそう呟いた。

場の全員がこれに同意したことで、鬼扱いされた梓子も少しばかり救われた気がした。

■ 三 ■

夜明け頃、梓子は酒宴会場の片付けのために綾綺殿に戻った。

すでに禄が配られ、動ける殿方は会場を引き上げていくところだった。どこからどう片づけを手伝おうかと会場を見回すと、昨夜と同じ場所に少将はいなかった。一瞬、本当に誰かに襲われたのではあるまいかと思ったが、どこにいるかと会場を捜し回る必要もなく、同じく片付けに来ている女房たちのざわめきが、その居場所を教えてくれた。

少将は上席の隅で、その肩にもたれて眠る左中将を支えて、代理で受け取ったと思われる禄の確認をしていた。主催が内大臣なので、華やかな絹が箱に収まっているのが見える。いつにもまして寝不足気味の気だるげな表情に、とろんとした目で、美しい絹を眺める様子は、左中将様がもたれているというその状況も含めて絵巻物にでも描かれていそうなお姿だ。

思わず見入る梓子の視線に気づいたか、少将のほうから声を掛けてきた。

「やあ、小侍従。あのあとは、問題なく……」

周囲の女房たちの視線が突き刺さる。ここは、仕事であることを強調して、視線を受け流すよりない。

「それより、少将様にお話しせねばならないことがあるんです！」

勢い声をかぶせて近くに着座した。

「……それより……？」

眉を寄せた少将と目を覚ましたらしい左中将に、桃の木の前で内大臣と遭遇した時の話をした。

「あの桃の木が、鬼を閉じ込めるのですか？　しかも、神話まで持ち出して……」

話を終えると左中将が疑わし気に苦笑する。一度、怪異に遭ってはいるが、そんなおかしな出来事に、そう頻繁に遭遇するものではないと思っているようだ。

「はい。内大臣様は、そのようにおっしゃっていました。まあ、だいぶ酔っていらしたので、どこまで本気で見に来ていらしたのかはわかりませんが……」

梓子の考えでは、自分をモノと間違えた件を考慮すると、半信半疑である。一方で、モノ慣れした少将が、力の発動に想像を巡らせる。

「閉じ込めるって、どうやるんだろうね？　あれ、一本の木じゃないか。何本もあって、取り囲んで出られなくするとか言うならわかるけど」

そこが想像できないのは梓子も同じだ。木の幹が中央から開いて中に取り込まれてしまうのだろうか。怪異慣れしていても、怖い絵面だった。

「いや、兄上。そこは、神代の出来事につなげようとしている話ですからね、枝葉が急に伸びるとか、どうとでもなるんじゃないですか。だいたい、それほどの逸話を持つ桃の木があるなんて、噂にも聞いたことがないじゃないですか。内大臣様は主上の前で、桃の木に箔をつけたかっただけなのでは？」

左中将が言いながら立ち上がる。周囲の視線が集まっていたので、移動しようということらしい。促されて、少将も梓子も立ち上がった。

「あの木なら、全面的に作りごととも思えないんだよ。なんだか冷たい印象があって、あまり近づきたくない心地になる。本当に閉じ込められそうだ」

少将は、まるで閉じ込められる鬼の側であるかのように言う。

「……わたしも全面的に作りごとだと断じられないんですよね」

閉じ込められる気はないが、梓子もただの作りごとだと笑えない気がしているのだ。

「藤袴殿もあの木を見て、何か感じたのですか？」

左中将は、梓子を振り返った。

「いえ、そうではないんです。……ただ、わたしの筆の軸と同じ逸話を持っているのです。わたしの筆の軸は、イザナギノミコトが鬼を祓った桃の木を使っているから、替えが利かないので大切にするように乳母から言われていまして。桃の逸話というと多いのは魔除けや鬼祓いですよね。閉じ込めるというのは、ちょっと珍しい系統です。しかも、同じ神話を引いているとは。あの木そのものかは疑わしいのですが、元にしている『鬼を閉じ込める』逸話を持つ桃の木に関連した何かがあるのでは……と思うんです」

そのなにかは、梓子の母方の家につながる可能性がある。そうであれば、ぜひとも知りたい。母の遺してくれた筆や草紙を、自分は本当に正しく使えているのだろうか。その不安混じりの疑問に答えを得られるかもしれない。

梓子は考えながら簀子を進み、ふと気づく。

「……ところで、我々はどこへ向かっているのでしょうか？」

前を行く二人に問いかけると、先に足を止めた少将は首を傾げた。だが、左中将のほうは、満面の笑みで応じた。

「え？　お二人とも、登花殿に持っていかれる前に、実物を確かめに行くでしょう？」

この人も、意外と好奇心の強い気質のようだ。しかも、怪異かもしれないのに、この笑み。間違いなく左大臣の血筋を感じさせる胆力だった。

「確かに。後宮の奥に持っていかれる前に見ておくべきだな」

比べて、少将の返答は理性的判断を感じさせる。

兄弟といっても、少将は左大臣の猶子であって、直接その血筋を引いてはいない。左中将との差はこうしたところに出るのかもしれない。

「では、急ぎましょう。まだ夜明けの早い時間で、酔いが残っている方々と宴の片付けに集中している者たちしかおりません。いまなら、桃の木を眺めに来る者も少ないはず」

動きにくい女房装束ではあるが、梓子はできるだけ早く南庭に向けて足を進めた。

急ぎ向かった南庭には、まだ桃の木が置かれていて、今朝は先客も居なかった。

明るい場所で見る桃の木は、また違った印象があった。濃い紅色の花がついた枝は横広がりで、市女笠（いちめがさ）のように影を落としている。

「これは……漢字の『山』を思い出させる姿ですね」

少し離れて見た感想を梓子が述べると、少将が首を傾げた。

「むしろ、『山』の真ん中を下に貫いた感じではないかな？」

「兄上、それはもう『山』の字ではありませんよ」

左中将が桃の木に歩み寄り、下から枝ぶりを仰ぐ。

「……ああ、なんとなく、兄上がおっしゃった意味が解りました。この桃の木は、なにか春の気配をまとっていない。人界にあるべきではない代物に見えます。イザナギノミコトに由来する木ではなく、西王母（せいおうぼ）の聖域から運ばれてきたような」

夜明けの南庭に、朝陽が射しこむ。春の朝、山際を染める曙光（しょこう）でなくとも、それは清らかで心地よいものだ。桃の木の影がゆるやかに伸び、その姿をより大きく感じさせる。

「桃源郷の桃の木ですか？　なるほど、それは枯れなそうだ」

左中将の言葉を聞いてから、少将と見上げた花は、たしかに生命の躍動を感じさせない、桃の木の姿をしているだけのなにかだ。ただ、モノを視ている感じはない。朝日を受けて輝いているはずなのに、温度のないものを見ている印象を受ける。

花弁の一枚も落ちていないせいだろうか。梓子は散った花弁がないか木の周りを探してみたが見当たらない。その視界に指貫が見えた。

顔を上げると少将が呆れていた。

「なにをしているんだい、小侍従。……パッと見て、なにかわかるというものでもなさそうだし、人が来る前に離れるよ？」

「はい。モノの気配のようなものは感じられませんし、離れましょう」

花弁を探して屈んでいた梓子は、慌てて立ち上がった。

「それを言うなら、なんの気配もしないよ。……これは、本当に後宮に入れていい木なのかな？　一度、蔵人所の陰陽師にでも見せたほうが……ん？」

献上された木を前に、あまり口にするのもいかがかと思うことを口にして、少将が歩みだすも、すぐに止まる。

「どうしました？」

先に木から離れていた左中将が振り返る。

「やられた。……影から出られない」

少将の声が低くなる。言われて梓子は少将の横を回って桃の木が南庭の玉砂利に落とした影を出ようとした。だが、やはり影から出られない。壁があるのとも違う。ただ、前に進もうと上げた足をどこにも置けないまま、戻される。

「わたしも出られません……」

梓子は小さな声で報告した。

「私は出ることができていますが……？」

こちらへ戻ろうとする左中将を、少将が止めた。

「あなたまで戻ってきて出られなくなっては、なすすべがなくなる。そのまま後ろへ数歩下がってください。とにかく影に入ってはいけません」

いい判断だ。梓子は大きく頷いて少将に同意し、左中将に下がるよう促した。

「これが、鬼を閉じ込めるという桃の木の力なのですか？……なぜ、兄上たちが？」

左中将の疑問に、少将が俯く。

もし、本当にこの桃の木が鬼を閉じ込めるのだとしたら、閉じ込められたのは少将に憑いているモノのせいということになる。

「左中将様、私には……」

言いかけた少将を、梓子は制して前に出た。梓子も影から出られないので、実際は前に出られてはいないのだが……。

モノを閉じ込めてきた身で、閉じ込められるとは大失態だ。その反省も込めて、梓子は持っていた筆と草紙を左中将に見せた。

「これが原因でしょう」

「それは、例の……」

どうやら左中将も、『くもかくれ』で見た筆と草紙を覚えていてくれたようだ。

「はい。モノを閉じ込めている草紙です。急に必要になることがあったので、携行するようにしていたのですが、それが良くなかったみたいです。草紙に閉じ込めたモノに桃の木が反応したのでしょう。草紙に閉じ込めたモノの残滓が多少身体についているのかもしれませんね。少将様がモノを縛るのに関わられた回数は、左中将様よりも多いですから、わたしと同じく残滓がついてしまっているのかもしれません」

少将に物の怪憑きの噂が立っては申し訳ない。梓子は、この場で一応もっともモノの対応に慣れた者の顔をして、左中将に頼んだ。

「モノに関わった回数が少ない左中将様であれば、この影に囚われることもないご様子。どうか、誰かに見つかる前に梅壺に、このことをお知らせください」

左中将は頷くとすぐに南庭を北西へ、まっすぐに梅壺の方角へ走っていく。

「……すまない、小侍従。誰かに見られれば、君にまで不名誉な噂が立つことになる」

「なにをおっしゃいます。いまさら、良くない噂がひとつ、ふたつ増えたところで、なんの問題もないですよ。むしろ、わたしに憑いている物の怪が、少将様を怪異に巻き込んでいるなどは、すでにある噂です。それが本当だったと認識されたところで、不名誉もなにもないでしょう。わたしはいいんです。……でも、少将様は……」

梓子は自身が良くない噂をされることに慣れてしまった。『あやしの君』でも『モノめづる君』でも、この際だから『薄墨衣の君』でも、好きに呼んでもらってかまわない。だが、そこに少将を巻き込んでいる噂も多いのは遺憾である。

「そうか。……始まりは、私が内侍所にいた君を巻き込んだのにね」

少将が苦笑する。そう言われれば、最初の『あかずや』の時は、たしかに少将のほうから、梓子を巻き込んだのだった。

「そこはお気になさらず。……母から受け継いだ諸々を、どうしたものかわからなかったわたしに、使いどころをくださったのは少将様ですから」

モノが視えた。モノを縛ることができる草紙と筆も持っていた。でも、それをどうしていいのかよくわからなかった。モノはモノとして存在しているだけで、意志があって人に害を与えることは稀だ。モノの逸話を利用している悪意ある人がいる場合が、ほとんどだ。それは、モノを草紙に縛ることで、本当に解決したといえるのだろうか。梓子には、そのことが長く疑問で、モノを縛ることが正しいのかどうか正直なところわからなかった。

梓子は、乳母の大江の実家、武家源氏の御屋敷で育った。武家の者は、時として物の怪と武力で戦うことがある。だから、物の怪の怖さも知っている。それらは、人に害をなす存在だ。倒さねばならないことも、封じねばならないこともわかる。

でも、確実に倒さねばならない物の怪に対して、梓子は無力だ。物の怪は、梓子に与えられた目でも、草紙と筆でもどうすることもできない。なのに、人の害になるともならぬともいえないモノを縛ることはできる。そこに意味を見いだせなかった。

でも、少将があの日、声を掛けてくれた。モノを縛ることで、誰かを助けることができるということを教えてもらったのだ。

「むしろ、これはわたしのいないところで遭遇されなくて良かったです。この桃の木の逸話が本当であれば、神代に連なるモノということになります。ちょっとやそっとの言の葉の力では鎖となる歌徳を得られないのではないかと思うんです」

梓子は、ここからいかにして脱出するかを考えようと、改めて桃の木を見上げた。

「しかし、その『神代に連なる』は本当なのかね？　たまたまにしては、君の筆の軸と同じ逸話というのが出来すぎている」

並んで桃の花を眺め、少将が改めて疑問を口にした。

「ですが、少将様。実際に我々は閉じ込められています。『桃の木で鬼を閉じ込める』系統は、やはり逸話の型として珍しいです。この木の機能が先にないと後付けするのは難しいと思いますので、背景に持つ由来が同じでもおかしくないかと」

物の怪には、自我があり、意志があり、行動の自由もある。物の怪の側から人間に襲い掛かることができるのだ。それでいくと、木の影に入ってこなければ力を発動できないこの桃の木は、まだ物の怪には至っていないモノや妖の段階にあるはずだ。

「モノや妖であれば、わたしがどうにかできます。……あとは、この桃の木の逸話は機能だけが判明していて、結果がありません。目的が見えていないとも言えます。目的が見えなければ適切な歌を用意できないので、そこが知りたいです。なんといっても、この木は『鬼』と判断して閉じ込めた存在をどうするのかがわかりません。たとえばわたしの筆は草紙にモノを縛ります。この木に合わせた言い方だと『モノは草紙の中に閉じ込められる』わけです。では、この木は？　我々は、このあとどうなるのでしょうか？」

怪異の逸話には、ほとんどの場合、結果の話が含まれている。『あかずや』であれば、『一晩のはずが三日三晩経っていた』の部分が結果である。だから、もし、梓子が『あかずや』に遭遇し、縛り損ねたとしても、結果として三日三晩経っていました、となるだけだ。

「……ねえ、小侍従。私の気のせいだと思いたいのだけれども、それって逸話をこの木に貼りつけて、モノとして機能させることもできるように聞こえるよ」

不思議な事象に遭遇した人は、自身が納得のいく理由を想像する。それは、亡くなった人の未練だったり、狐狸が化かした結果であったりする。人々は、想像した逸話をそうであると思い込んで、ほかの人々に話を広める。そうすることで、モノが生まれる。モノと逸話との結びつきは強固だ。だが、必ず不思議な事象が先にあるはずなのだ。

「できますね。……そうであれば、これは何らかの目的があって生み出されたモノです。目的が達せられたら、この花の牢獄も開くかもしれません」

少将の言葉から、梓子はひとつの結論が見えてきつつあった。正直、その結論は、そうであってほしくないものの筆頭だ。

「自分で言っておいて、ちょっと信じられないのだけれど、モノって作ろうと思って作れるということで合っている？」

少将も同じ答えに近づいてきている。

ため息とともに、梓子は見上げていた桃の花から目を逸らす。この結論は、どれほど美しい花でも、嫌悪を感じずにいられなくなるからだ。

「合っています。モノは作れますよ。ただ、言い表す言葉が違うだけです。少将様も幾度も聞いたことがあると思います。人為的に怪異に等しい事象を発生させること。人は通常これを『呪い』と呼んでいます」

この『呪い』こそは、神代の昔から存在する怪異のひとつだ。

「すごく納得したよ。……私は『呪われた』わけか。やってくれるな、内大臣」

少将は納得したというが、どちらかといえば、梓子は、これが『内大臣が少将に向けた呪い』であることに納得がいかない。昨晩、内大臣は、ただただ純粋に閉じ込められているかもしれない鬼を見に来ていた。少将のことなど一言も口にしていなかった。そのことが、引っ掛かるのだ。そして、梓子が出られないことも……。

「色々思うところはありますが、これが『呪い』であれば、対処方法は簡単です。呪いは対象が限定されている上に、仏僧や陰陽師で対処できる範囲に入ります。……左大臣家ほどになれば、腕の良い陰陽師を呼んでくださいますよ。左中将様の足の速さに期待しましょう」

そもそもこの影から出られない梓子には、対処のしようがない。これが『くもかくれ』であれば、現状は絵巻の中に入ってしまっている状態だからだ。

「色々思うところというのは、小侍従もここから出られないという件について？」

「さすが、少将様です。そこ聞き流してはくださらないのですね」

少将の指摘通り、呪いが対象を限定しているということは、今回の呪いの対象には、少将だけではなく、梓子も含まれていることになる。昨晩が初対面のはずだが、内大臣に呪われるほどのことをしただろうか。

「さて陰陽師を呼ぶのが間に合うかな？　私がこの手の呪いを仕掛けた側であれば、目的を達成すると同時に自分にわかるようにしておく。相手が対処する前に目的のものを回収するだろうね。だから、呪いを仕掛けた相手が姿を現すのは、そろそろだと思うよ」

少将が言いながら、梓子を自身の背に庇う体勢を取る。どうやら、仕掛けた者は、少将の読み通りの人物だったようだ。

「ようやくお近づきになれるようですな、右近少将殿。やはり、気になりましたか。この桃の木が」

その声は、昨夜聞いた内大臣の声ではなかった。梓子は、少将の衣の横から声のしたほうを覗き見た。衣装は何者かを示す。見た瞬間にわかる高位の老爺だった。

「丁子大納言様、あなたがいらっしゃるとは……。なるほど、そういうことですか」

少将は、相手の出現に納得しているようだが、梓子としては、まったく話が見えてこない。丁子大納言の第一声からして、少将を狙って閉じ込めたのは、この人自身ということで間違いないようだが。なぜ、この話したこともない人に自分まで呪いの対象にされたのかに、まったく心当たりがない。

「例の縁談を断り続けている公卿だよ。君との噂を本気にして、君まで狙ったのか？」

少将が小声で、心当たりかもしれないことを口にする。だが、呪うには、あまりにも弱い理由ではないだろうか。少将と噂になっている女性なんて、京中だけでも数えるのが大変なほどいるのだ。なのに、梓子が狙われたのだとしたら、やはり理不尽すぎだ。

梓子の憤慨をよそに、少将が丁子大納言に向き合う。

「これは見事に嵌められましたね。内大臣様は、私が桃花を見に来ると踏んで、捕まった私を貴方に差し出すお約束までしていたのですか？」

このところ、右近少将は宮中のモノに関わることが多かった。桃の木の逸話は、少将を引き寄せるのに使えると思われたらしい。

「すみません、少将様。わたしが内大臣様の御話をしたばかりに……」

少将の衣に庇われた自分の無力さも重く伸し掛かり、梓子は俯いた。

「気にすることはないよ、小侍従。……どちらにせよ、気になっていたから、きっと一人でも見に来ていただろう。そうなると、お互いに誰にも知られぬまま一人で囚われていたかもしれない。だからこれで良かったんだよ」

少将が肩越しに振り返り、優しい声で梓子を宥める。

「おや、……なにやら予定外の者が居るようですな？」

丁子大納言が訝しげに問いかけてきた。梓子の存在に今になって気づいたようだ。

これに驚いたのは、むしろ梓子と少将のほうだった。梓子は呪いの対象として丁子大納言に意識されていなかったようだ。そんなことがあるのだろうか。あるとしたら、どんな理由が考えられるだろう。少将の衣の端を握りしめ、考えようとする梓子は、今度は聞き覚えのある声を耳にした。

「そちらは、私のほうで回収する。大納言殿は忘れられよ」

今朝は酔っていないようで、言葉に内大臣らしい重みを感じる。

「内大臣様は、小侍従に御用がおありのようで」

少将が、丁子大納言から内大臣の声がしたほうへ身体の向きを変える。さらに腕を上げて、衣の袖で梓子を隠した。

丁子大納言は丁子大納言で、少将と梓子をそのままに内大臣へ駆け寄る。

「これは……内大臣様。いらっしゃるとは思いませんでした」

「貴方には申し訳ないが、捕まえる鬼を増やす必要が生じたのでね」

どうやら、梓子が増やされた鬼らしい。

「なぜ、わたしを……？」

梓子の疑問に答える気はないらしい。内大臣は冷笑を浮かべ、声を荒らげた。

「その影から出られぬか？　そうだろうとも。やはり謂れは真実であったようだな、汚らわしき鬼どもが！」

ついに二人まとめてモノ扱いされた。

「お待ちください、内大臣様。少将殿を私にお渡しくださる約束で、これを……」

慌てる丁子大納言を、内大臣が無言で睨みつけて黙らせる。

これは、二人の間でこの呪いの目的が違っているという話ではないか。

対象を限定した呪いというのは、意外と繊細にできている。中途半端な言の葉の力ではモノを縛る鎖にならないように、呪いの目的が揺らぐと、呪いで閉じ込めておく力が弱くなるものなのだ。呪いの力はとても強力である分だけ、制約も多く、制約を破った時の返しも大きい。相応の覚悟なしには、手を出していいものではないのだ。

「少将様、これは好機です。呪いを仕掛けた側から、呪いの意義を失わせれば、この花の檻から出られますよ。出られれば、草紙に縛ることも可能です。幸い、お二人が呪いの目的を教えてくれましたから」

少将の衣の袖を少しだけ引いて、ささやいた。

「よし、やってみよう。……うまくいくことを祈っていてくれ」

モノと異なり、常の人の世界では、上達部の地位にある人たちが、一介の女房の言葉に耳を傾けることはほぼない。ここは、少将の話術に託すよりない。

「少将様ならうまくいきます。信じておりますから、祈る必要なんてないですよ」

少将が肩越しに梓子を見て微笑むと、内大臣と丁子大納言に気づかれない程度のささやきで返す。

「君が信じてくれるなら、うまくできそうだ。……主上に見られないうちに済ませよう。

見られたら、この先、延々とからかってきそうだからね」

少将が、少し梓子を下がらせる。背中にくっついているとやりづらいらしい。

ただ、その背中を見ていて空気の変化を感じる。寝不足の気だるさも、それに伴う色香も消え失せ、ひんやりとした空気をまとっていた。これが、政の場での少将なのかもしれない。

「内大臣様、それは、おかしな話ではないですか？　貴方がこの桃の木で仕掛けたのは、我々を閉じ込めることだ。『汚らわしき鬼ども』だと思っていらしたなら、なぜ、ひと思いに、その鬼どもを消し去ってしまう呪いになさらなかったのですか？」

内大臣への挑発、同時に呪いの目的を考えさせる言葉は、内大臣の視線を少将に向けさせた。先ほどまで、内大臣の興味は少将になかったのだ。少将は、丁子大納言の目的であって、内大臣からすると、梓子とまとめて呪いで処分する予定の『オマケ』でしかなかったからだ。

「……そなた、より強く呪われたいのか？」

望まぬ誤解である。帝ではないので、そんな蔑んだ目で見られても困るだろうに。梓子は、少将の背に無言で『がんばれ！』の言葉を送った。

「……いえ、純粋におかしな話だと思っただけですよ。さきほど、ご自身でも大納言様におっしゃっていたではないですか。『捕まえる鬼を増やす必要が生じた』と。想定外の捕まえる鬼が増えたということは、最初から我々二人を捕まえるつもりではなかったわけだ。それどころか、この仕掛けは、丁子大納言が私を捕まえるためだけに用意したものであって、その意味では、あくまでも私という鬼を閉じ込め、捕まえることができれば良かったはずだ。まあ、どちらにしても捕まる私としては、ちっとも良くはないですが」

少将は、わずかに丁子大納言のほうを見たが、すぐに内大臣に向き直る。

「……それで、なにを言いたいのだね？」

内大臣は、なにを言われても平気だという態度を崩さない。梓子の目から見ても、崩すなら丁子大納言のほうが崩しやすそうな気がするが、どういう策だろうかと思ったところで、少将がしっかりと丁子大納言に響く一撃を食らわせた。

「ひとつ気づいてしまったんですよ。……この『呪い』、もし呪い返しにあったら、返しをくらうのは、丁子大納言様だけなのではないですか？　だから、内大臣様は、当初の決めごとをそのように平気な顔で破ろうとなさっているわけだ。貴方の母方の家は、呪詛(じゅそ)がお得意の家系でいらっしゃるのだから、知らないでやっているなんてこと、ないのでしょう？」

自分だけが、たかだか少将に責められるなら、なんの問題もないと平気な顔をしていた内大臣を、少将は手のひらの上で転がしてみせた。

「……な、内大臣様……？」

丁子大納言の顔色が、見る間に青ざめていく。

「なにを勝手なことを。……大納言、この男の言うことになど耳を貸す必要はない。こんな呪いまみれの男など、ここで潰しておくべきだ！」

内大臣は、前関白の後嗣で、元服と同時に殿上人になったような人だというのに、政治の巧者ではないようだ。梓子は、ここで言うことを聞くように強要する内大臣に呆れた。こんな悪手、賽の目の運はないけど頭脳派の打ち手である少将に、とどめの一手を打たせる舞台を用意したようなものだ。

「おや、内大臣様、これは私の作りごとなどではないですよ。ここにいらした時、内大臣様は、丁子大納言様に『貴方には申し訳ないが』とおっしゃいました。それがどういう意味か考えて、その結論に至りましたので」

少将の指摘は、目の前にある事実を並べ、その解釈の仕方で丁子大納言に誘導を仕掛けている。事実が並べられている分だけ、丁子大納言も言葉だけの内大臣より、少将の言うことのほうが正しく思えてくるわけだ。

「呪いが返される事態にならなければ、それで済む話だ。違うか？」

内大臣は苛立ち、余裕なく叫んだ。

「……違いませんが、返される事態になるので、それでは済まない話になりますよ」

最初とは異なり、少将だけが余裕のある態度で話を終わらせ、梓子のいるあたりまで少し下がってきた。どうして下がってきたのかを問う間もなく、少将が衣の片袖の後ろに梓子を隠した。

たくさんの足音がして、待っていた声があたりに響く。

「兄上、人を呼んできました！」

さすが左中将。左大臣に似て、ここぞという機を逸さない御方だ。これ以上早ければ、丁子大納言を揺さぶり切れていなかっただろうし、これ以上遅ければ、余裕をなくした内大臣がどう呪いを動かしてしまっていたかわからない。

だが、左中将のほうが、戻ってきたら人が増えていて驚いた声を上げる。

「……これは、内大臣様に丁子大納言様までお揃いとは、いったいなにごとですか？」

足を止めた左中将の横から、更なる人影が前に出てきた。

「内大臣と丁子大納言がいるのか？　ここでなにをしている？　特に内大臣、昨夜に続き、今朝も桃の木を見にいらしたか。それほどまでにこの桃の木が惜しまれるなら持ち帰ればいいのではないか。そのほうが、こんな早朝に呼び出される陰陽師たちの手間も省けるのだが？」

左中将が向かった梅壺には、帝もまだいらしたらしい。

進み出る帝のその姿を見るなり、内大臣も一歩前に出てから平伏した。それに倣い、丁子大納言も慌ててその場で平伏する。さすがの内大臣も酒に酔っていた時のように立礼ではないようだ。帝の護衛たちは、昨晩のように、見ているほうがひやひやするような事態にはならなそうで安堵の表情を浮かべていた。だが、梓子には、その内大臣の礼を正した姿にこそ不安を感じる。

「少将様、なにか……」

胸騒ぎがしないか、と少将に問おうとした次の瞬間、梓子たちの足元に拡がる桃の木の影が、急に黒さを増して、一回り外へと拡がった。

帝の登場に呪いをかけた側が動揺し、呪いが揺らいだのでは？

見れば、平伏する丁子大納言がガタガタとその身体を震わせている。尋常ではない怯え方だ。拡がった影の下に入ってしまった丁子大納言にも桃の木の呪いが作用しているのだろうか。梓子は駆け寄ろうとして気づく。影が、南庭の玉砂利に落ちた桃の木の影が、丁子大納言の身体を下から上へと徐々に這い上がっていく。

「まさか、呪いの返し……？」

梓子たちは呪いの影響下にある状態だ。この『くもかくれ』の絵巻に閉じ込められているのと同じ状態で呪いが返されたら、どんな影響を受けるかわからない。

梓子はすぐさま身を翻し、梓子を追って駆け寄ろうとしていた少将を押し戻す。

「少将様、離れて！　このままでは呪いが破綻します！」

その時、背後で強烈な破裂音がした。衝撃に押され、前に倒れる梓子を少将が抱き留め、そのまま玉砂利に倒れた。

「光影！　無事か？」

帝が少将の名を叫んだ。応じるように、梓子を抱えたまま、少将が身を起こす。

「いったいなにが……」

呟いた少将が、梓子のすぐ頭上で息を呑む。

「……見るな、小侍従」

その少将の制止の言葉は、わずかに遅かった。梓子は、すでに振り返ってしまった。

「丁子大納言様が……」

そこには、丁子大納言だった黒い塊があった。

「雷が、まっすぐに丁子大納言様に落ちた」

少将はそれだけ言って黙りこんだ。

「少将様、藤袴殿、ご無事ですか？」

駆け寄ってきた帝の護衛が、二人に問う。少し離れていた帝たちのほうが衝撃からの回復が早かったようだ。こちらへ駆け寄ってくるその中には、一歩前に出て平伏していた内大臣の姿もあった。

少将の言ったとおりだ。呪いの返しは、丁子大納言にだけ起こったのだ。

梓子たちを閉じ込めていた影も呪いの力をすでに失っており、二人は駆け寄ってきた人々の手を借りて立ち上がり、桃の木の下から離れることができた。

「なんと恐ろしい、雲一つない空から雷が落ちるとは……。これぞ、まさに怪異。大納言殿も哀れなことだ」

哀れだと言いながらも、黒い塊を見る内大臣のその声は嫌悪に満ちていた。さらには、忌々し気な視線をこちらに向けている。梓子たちが呪いから解放されたことが気に入らないのだろうか。そう思っているところに、帝が梓子に声を掛けてきた。

「よくやった。そなたが駆け寄るのを止めなければ、二人も雷に打たれていただろう」

ハッとする。内大臣は、あのまま梓子たちが駆け寄って、三人まとめて落雷に遭うことを計画していたのだ。三人がいなくなれば、桃の木の呪いをなかったことにできる。

内大臣は、呪いを丁子大納言に押し付けて、切り捨てたのだ。呪いが返ると何が起こるかわかっていて、わざわざ一歩前に出て平伏したのだ。

「内大……」

内大臣に詰め寄ろうとした梓子を、今度は少将が止めた。

「待て、小侍従。……あれが『返し』なのか怪しい。丁子大納言の仕掛けた呪いの対象は私だった。丁子大納言がああなった以上、私はもう大丈夫である可能性が高い。でも、内大臣は君を狙っていた。おそらくまだ君になにか仕掛けるつもりだ。だから、君は近づいちゃダメだ。黙ってじっとしているんだ、いいね」

内大臣に言いたいことはあれども、ここは少将に従うことにした。

「……お頼みいたします」

梓子は少将の衣の端を握った。

内大臣は、あからさまに当てが外れた顔をした。やはり、梓子が詰め寄ってきたら、何かする気があったのかもしれない。落雷の次の一手があったのだ。相手は内大臣だ。詰め寄ってきた女房を処分する手立ては、呪いの類に頼らずとも簡単なのだ。

「穢れに当てられてはかなわない。あとのことは専門の者に任せて、私はさっさと退散しますかな」

梓子が動かないなら用はないということか、踵を返した内大臣がこの場を逃げようとしている。だが、その内大臣の足を、少将が止めた。

「……私はわかりましたよ、内大臣様」

少将がなにごともなく去って行こうとする内大臣の背にそう声を掛けた。

「なにを……かな、右近少将殿？」

丁子大納言も居なくなったこの状況で、少将ごときに何が言えるのか。先ほど崩れた余裕をすっかり取り戻した表情をしていた。

少将は、桃の木に触れると、内大臣に微笑みかける。

「……ここにいる小侍従によると『桃の木で鬼を閉じ込める』という話は珍しいそうです。しかも、あなたが狙った小侍従が持つ母方の家伝来の筆も同じ逸話を持っている。同じ神話に繋がるなんて、偶然にしては、よくできた話ですよね？」

内大臣の視線が一瞬梓子を捉えた。その視線を遮って、少将が内大臣に問う。

「実際、これは偶然ではなかった。貴方は、かつてとある女性から聞いた話を元にして、呪いを練らせた。その女性というのが『由緒あるお血筋で、古都の神事に関わった家の末裔』であった。違いますか？」

内大臣は答えなかった。別に代理というわけではないが、梓子が疑問を返す。

「でも、それって……、内大臣様の三の姫様の、ご生母様の御話ですよね？」

梓子と目を合わせた少将が、とても小さな声で『ごめんね』と言ってから、この場の誰にでも聞こえる声で、少将が気づいたことを口にした。

「半分そうで半分そうじゃないんだよ。……内大臣様、古都の神事に関わった家の末裔が産んだ女児という肩書は、本来ここにいる彼女のものだったのでは？」

少将の視線は、梓子を示していた。

「三の姫は本来、帝への入内（じゅだい）にはかなわない出自の娘だった。だが、その面差しは故中宮にそっくりだ。これを使わない手はないと思った貴方は、小侍従の出自だけを借用することにした。貴方が『由緒あるお血筋で、古都の神事に関わった家の末裔』の女性を囲っていたことも、その縁が途切れた後に娘が生まれていたことも事実だ。少し探られたくらいでは怪しまれるわけがない。……そうやって、貴方は娘二人の人生を利用することにした。自分が『今上帝の寵姫の親族』として、誰からも敬われ、華々しく輝いていた日々を取り戻すためだけに」

少将が自分のことを話している気がしなかった。それが、梓子が内大臣の呪いの対象にされたことと、どうかかわるのかも見えなかった。

「なのに、出自を利用した娘本人が目の前に現れた。酒に酔い、存在を利用した女の幻を見ているのかと思ったら、本物の生きた女房だった。それも、帝に近習している。貴方は、かなり焦ったのではないですか。帝に話してしまう可能性を考えて……」

ゾクッとした。怪異にも、これほどは感じないというほどに。少将がこの話を始める前に謝った意味が分かった。これは、キツイ。もしかしなくても、梓子は、存在していると都合が悪いからという身勝手な理由で、父親によって、この桃の木の呪いに捕らわれ、人知れず処分される予定であったらしい。

「少将殿は、その小侍従なる女房になにを吹き込まれたか知りませんが、しょせん個別の名も持たぬ身分の低い女房のたわごと……」

すぐ目の前にいるはずの内大臣の声が遠い。この人が、本当に自分の父親なのか。丁子大納言にそうしたように、すべてをわかっていて切り捨てようとしている。

足元が揺らぐ。でも、支えられた。見上げた先、少将が内大臣を見たまま、梓子を引き寄せた。少将の衣の香に包まれる。この腕の中に守られていることを実感する。

親子が、兄弟が、叔父と甥が、政敵として対立し、そこに足の引っ張り合い、騙し合い、命の奪い合いさえも起こるのが宮中という場所だ。その成れの果てのモノがこれほど多く蠢く場所は、きっとこの国でここしかない。そのことを何とも思わなくなった内大臣のような人に対して、これだけキツイと感じるのは、それだけ自分が多くの人たちに守られてきたということだ。いま、梓子の後ろ盾を自称する少将に守られているように。

「内大臣様。小侍従は……個別名を『藤袴』。左の女御に仕える女房です。特定の主を持たない女房なら、いつでも処理できると思ったのですか？　させませんよ」

良くない噂を流されることや悪意のある通り名で呼ばれることに、少将は梓子本人よりも怒ってくれる。梓子を取り巻く理不尽さの、そのすべてから守ろうとしてくれる。

少将の言葉を受けて、帝が内大臣に釘を刺した。

「内大臣、梨壺にしか妃を入れていなかったことは痛手だったね。東宮妃同士の寵愛争いの話ばかりが耳に入っていたようだ。藤袴は、左の女御のお気に入りでね、左大臣も彼女の顔と名前を覚えている。もちろん、私も、だ。呼び方が、藤袴であれ小侍従であれ、後宮では、それなりに知られた存在になっているんだ。消えたりしたら、大いに騒がれるだろうね。……貴方の思い通りにはならないよ。私も話は聞こえていた。三の姫入内の話も、一旦白紙に戻すとしよう」

帝に言われては、内大臣という高位であっても、これまでのようになかったことにはできない。

「いつまでたっても、主上は、私を遠ざけなさるばかりで、妹の思い出を共に語らおうとなさらない。……この私を蔑ろになさる。まったく、ひどい話だ」

内大臣は政治家として、父親である前関白に劣る。そういう噂を幾度か聞いたことがある。なんのことはない。この人は、本当の意味で政治をしていなかったのだ。国政はもちろん、家の繁栄を考えて動かねばならない氏の長者の器でもない。ただ、自身が周囲から輝いて見える地位、立場にあることだけを欲してきた人だから。帝の寵姫の兄としての、関白の息子としての、華々しく彩られた日々を取り戻したいだけなのだ。

「これまでもこれからも、朕はそなたとなにかを語る気になれぬ。ましてや、今もこの胸にある亡き人との美しい思い出を、そなたとなど……」

　帝の声には、静かな怒りが込められていた。それはそうだろう。大切な、とても大切な思い出を、己の欲を満たしたいだけの人の口から語られては、怒りもする。

「手始めに、この桃の木は処分すべきでしょう。宮中に入れておくには危険すぎる」

　少将が桃の木に歩み寄ろうとすると、内大臣が木の前に立ち、それを阻んだ。

「近づくな、左大臣家の物の怪憑きなど、なにをされるかわからん！」

　自分を睨み据える内大臣に対して、少将は一瞬の間のあと、静かな笑みを浮かべた。

「私のどこを見て、物の怪憑きだとおっしゃる？　貴方が言うところの専門の者にでも見ていただきましょうか」

　自信たっぷりに言って、桃の木の影から出た少将が朝日の下に立つ姿に、梓子は驚く。なぜなら、本当に少将はあの薄墨色の煙をまとっていない。彼からモノの気配が消えている。

「……まさか、それだけが、まだ閉じ込められたまま……？」

　だとすれば、たしかにこの桃の木の持つ能力は失われていない。だから、少将は、自分を止めたのだ。自身に憑いたモノが消えたことで、内大臣の手に、まだなにかしらの呪いが残されているとわかったから。

「……主上。どうやら、こちらの木は返却することも危険であるようです。不要になれば、さっさと切り捨てるのが信条の内大臣様が、このようにおっしゃるということは、この木は、まだなにかに使う予定があるということでもありますから」

頷いた帝が、連れてきた滝口の武士たちに、内大臣を木から離すように命じた。

「……やめろ。それは……」

木から距離を取らされた内大臣を確認してから、少将が梓子を振り返る。

「このまま陰陽師の到着を待つというのは危険な気がするね。……小侍従、これは、君に縛れるかい？　理想は、木ごと消えてほしい。例の絵巻みたいに草紙の中に吸い込ませられないかな？」

こんな時に無茶を言ってくれる。草紙に変な逸話を追加しないでいただきたい。

「いや、この草紙はあの絵巻……『くもかくれ』ではありませんから、モノを器ごと吸い込みませんよ。だいたい、あの絵巻だって、モノ自体を縛ったのであって、絵巻そのものは……」

梓子は、手元の草紙に描いて縛った『くもかくれ』を見せようと草紙を開いて手を止める。

「なぜ、そこで黙り込むの？」

少将が首を傾けて梓子の顔を覗き込む。草紙から彼に視線を移せば、その物語に出てきそうな容貌が間近にある。そのことが、梓子に思い付きの成功を確信させた。

「……桃の木、吸い込めるかもしれません」

梓子は、嬉々として硯箱を取り出した。

■　四　■

梓子の言葉に、内大臣が目を見開いている。昨晩の初対面からを思い起こすに、まともに目が合ったのは、これが初めてのような気がした。なにせ、昨夜鬼扱いされた時は、酔っていて、視線が定まっていたとは言い難い。

まともに見てもいなかった相手を呪いの対象にするとは、どれだけ失礼な人なんだ。そこは、相手が内大臣であろうと、自分の父親らしき人物であろうと関係ない。自分への失礼を許してはいけない。乳母の大江も典侍も少将も、そう教えてくれた。

「内大臣様、見事な桃の木ですよね。どの木よりも長く咲き、鬼を閉じ込める。これが古の神が鬼を祓うのにお使いになった桃の枝であるといわれて信じてしまいそうです」

一介の女房がとる礼儀を示せば、内大臣は不気味なものを見るように表情を歪めた。

それでいい。父親が内大臣だとわかったからといって、すり寄って利用する気などない。同時に、利用されてやる気もない。自分は、左の女御に仕える女房の一人なのだから、そもそも政の場では敵同士だ。

「でも、そのような話は絵巻の中にあって、語られるべきものだと思うのですよ」

これは、内大臣が昔からお好きだという『演出』だ。その目を見開いて、しっかりと見るといい。自身が顧みることなく、今更になって利用しようとした相手が、受け継いだ真に神代から連なる技を。

「あかざらば　ちよまでかざせ　もものはな」

花を見飽きることはないから　いつまでも飾られていてくれ　桃の花よ

「はなもかはらじ　はるもたえねば」

花は変わることなく咲き続け　春が終わることもないのだから

筆の先に重みが加わる。筆が綴る言の葉が、歌徳を得て鎖となる。その言の葉の鎖が桃の木に巻きつき、淡い光が朝の早い時間の澄んだ空気の中で、ゆっくりと、広く辺りを照らす。

「その名、『もものえ』と称す！」

清原元輔の歌で、詞書には『御屏風に桃の花ある所をよめる』とあった。詠われているのは、あくまで屏風絵の中の桃の花である。ここにおいて、枯れることのない魔除けの桃花の枝から成る『桃花の獄』は、『桃枝』を『桃絵』に変質させることで、単なる絵に描かれた桃の花となる。桃の木を草紙の中に、絵として吸い込んだのだ。

「桃の木が……」

内大臣が力なく呟いた。

枯れない桃花を持つ木は絵の中のものとなり、その場に残されたのは、わずか数枚落ちた桃の花弁だけだった。

■　終　■

帝に献上された木が、朝には枯れていたので登花殿に植えられることなく、内裏を出されてしまった……という花の宴の顚末の噂も、ほかの新たな噂に埋もれて聞かれなくなった頃。ひっそりと、一連の出来事の処分が決定した。

衣替えを済ませ、夏の装いになったこの頃は、夜も過ごしやすい。いつもどおりに、梓子の局を訪ねてきた少将が、手にしているのも檜扇から蝙蝠になった。

少将は、くつろいだ様子で柱にもたれて梅壺の由来である梅の木が植えられた庭を眺めていた。しばらくそうしてから、出逢った時から変わらぬ気だるげな様子で、『もものえ』の件での最終的な処分について、梓子に教えてくれた。

「結局、内大臣様ご自身が、丁子大納言様が仕掛けた呪いに加担したという証拠は見つからなかったので、罪としては『献上すべきでない桃の木を宮中に持ち込んだ』ことだけになったそうだよ。内大臣様の評判には、十分に傷がついたわけだけどね」

ある意味呪いの最重要証拠だった桃の木を、丸ごと草紙に取り込んでしまったので、仏僧や陰陽師にどの系統の呪術なのかを見てもらうことが叶わなかったのだ。

ただ、この件で梓子が責められることはなかった。専門家である仏僧や陰陽師も、あの場であの木を無力化したことは間違っていないと断言したからだった。これを受けて、帝と左の女御から、梓子は特別な禄を賜った。

「そもそも丁子大納言の件も、南庭であんな死穢を出したなんて公にするわけにいかないから、酒宴で体調を崩されて宮中を辞したのちに、ご自身の屋敷でお倒れになったという話で終わらせることが決まっている。これで、今回の桃の木の呪い自体をなかったことにされたわけだ。……こちらとしては、酷い目に遭った記憶がきっちり残っているのにね。おまけに、あの桃の木が消えたら、閉じ込められたモノも戻ってきてしまった。こんなところまで元通りにならなくてもいいものを……」

少将が愚痴るのも致し方ない。『もものえ』は、ただの桃の木の絵となって草紙に縛られたので、鬼を閉じ込める逸話の力が失われ、スッキリ片付いたはずの少将に憑いていたモノも戻ってきてしまったのだ。再び薄墨衣の煙をまとうこととなった少将のため息は長い。

「縁談を断ったら呪われるとか、理不尽が過ぎるよね。……これでは、ますます縁談嫌いになりそうだ」

その嘆きには、まったくもって同意する。梓子だって、母子で放置されていたのに、ほかで梓子の経歴を使いたい娘がいたから、邪魔になって……とか理不尽すぎる話だ。

丁子大納言のことだけでなく、内大臣の件に加え、戻ってきた少将に憑いているモノのことも含めて、梓子は返した。

「執着って怖いですよね。椿殿も正妻であることにこだわっていらしたから『あかずや』の怪異を発現させることになったのだと思うんです。その椿殿の件で『北の方』の立場も『妾』の立場も、どちらも微妙だなって思いました。『くもかくれ』の時の夕顔殿や今回の内大臣様の三の姫様の件、……我が身の上を思うに『北の方』と『妾の子』の関係というのも難しく、考えさせられるものがあります。どちらになろうとも苦労は絶えないのなら、やはり、婿がね探しなどせず、宮仕えに勤しむべきだと思うのです」

梓子の宮仕えで、婿がね探しを強く望んでいる美濃に居る乳母や典侍と、梓子本人が考える人生設計について、一度じっくりと話をするべきだろう。そんなことを考えていた梓子に、御簾の向こう側から返されたのは、同意ではなかった。

「そう？　私は他人が押し付けてくる『縁談』は、よりいっそう嫌いになったけれど、婚姻そのものは悪くないと思っているよ。当世、男女の仲は、噂に吸い寄せられて、歌のやり取りをすることに始まる。でも、噂が当てにならないことは、我が身でいやというほど知っている。歌だって、代作に代筆がほとんどで、言の葉や手跡に相手が本当に見えているのかは疑問だ。……比べて、私たちは何度も言葉を交わし、時に御簾や几帳の隔てもない状態の互いの姿だって知っている。自作ではないにしても、モノに寄り添った歌を君が選ぶのを私は見てきたよ。それは君自身の言の葉の感覚のあらわれだと思うし、君本人の手跡もよく知っている。当世風ではないと周囲は言うのだろうけれど、私は君と、内裏の外でもずっと一緒に居たいと思うよ。小侍従は、どう？　……その、君にしたって返信するのが面倒な文が減ると思うのだけれど」

柱に預けていた背を起こし、少将が御簾の際まで膝を寄せてきた。

内裏の外でもずっと一緒にいる……とは、通いたいではなく、同じ屋敷に住もうということではないか。それが公的に認められる存在は『正妻』だ。

宮中風の遠回しであろうとも、少将の言わんとしていることはわかる。でも、確認せずにはいられない。

「それは、わたしを正妻になさるということでしょうか？　……その、唐突ですね？」

「そうでもないでしょう。前に言ったように、私たちは何度も言葉を交わしてきた。その中で、それなりに誘ってきたし、ほかに通うことなく、ほぼ毎日この局に顔を出しているんだ、私の誠意は見せてきたつもりだよ」

また遠回しな言い方をしてくる。『もものえ』の件から日を待ったのは、内大臣の妾腹の娘を、左大臣の陣営で確保しておきたいから提案したわけではないと言いたいのだろう。たしかに、少将は時間をかけて、誠意を示してくれた。宮中のそこかしこで聞こえてくる遠回しな言い方の真意をちゃんと読み取れるようになるくらいの時間は経っているというのに。

「その結果、噂が増えて、変な通り名の数も順調に増えていっていますがね」

そのほとんどは、少将と関わったことで増えた噂や通り名だったりするのだ。

「君を梅壺に紹介したのは、私だからね。表向きには、責任を取るという話だよ。それに、数ある噂のひとつが本当になったところで、問題ない、でしょう？　……本当のことは、私たちだけが知っていればいいんだ」

たしかに、噂の中には少将が梅壺の女房の局に『お通い』だというものもある。

「そうですね。少将様が梅壺にいらっしゃるのは、わたしがここにいるからですから、そこに嘘はないですね。なんの話をしているのかは、ともかく」

当代一の色好みと呼ばれる少将だが、彼がここにきて話すことと言えば、今回のようなモノ縛りの後処理の報告か、宮中に流れる新たな噂について、モノが関わっているか否かという話ばかりだ。

「ふふ、……小侍従もようやく、私と『情緒のある歌を交わし』たくなったかい？　私はかまわないよ。歌を交わすという男女のまっとうな手順を経るのも悪くない」

楽しそうに笑ってから、ぐっと色香を漂わせる声に変えてきた。

「からかわないでください……」

梓子は文机の近くに置いていた自分の蝙蝠を取ると、御簾の中であっても顔を隠した。

「からかってなんかいないのだけどなぁ。……では、本気度合いを見せようか。二条に父方の祖母から伝領した屋敷があるんだ。次の里下りから使うといい」

正妻は、妾と異なり夫と同居することができる。正妻のいる家が殿方にとっての住む屋敷である。また、官位以外の通り名としてよく使われる屋敷の場所での呼び方も、この正妻がいる屋敷の場所が採用されるのだ。

「……わたしなどが使って、本当にいいのでしょうか」

いまでも『あやしの君』や『モノめづる君』と呼ばれ、後宮のほかの殿舎に出向くと、それだけでモノがいると思われて、距離を取られてきたのが、梓子だ。二条の御屋敷の家人はもちろん、周辺の屋敷からも何か言われてしまうのではないだろうか。

「言ったでしょう。君は私の『妻』だ。遠慮せずに帰っておいで。君の家なのだから」

乳母の大江と居ても、典侍が使っていいと言ってくれた屋敷でも、いつもお邪魔している客である気持ちが強かった。里下りで、戻る自分の『里』がある。なんて素敵な響きだろうか。

御簾の下から、少将が自分の蝙蝠を差し入れてきた。いつかの帝と左の女御の言葉を思い出す。

「歌も添えようか？　思い切り甘い恋歌を……」

これに応じることは、とても簡単で、でも、すごく覚悟が必要だ。

御簾越しに、少将の香が漂ってくる。この香に守られていると安堵したのだ。あの時には、すでに梓子の中で答えは決まっていたのだろう。

「歌は……ちゃんとお返しできるように学びます。今宵は、これで」

梓子は顔を隠していた蝙蝠を下ろすと、少将の蝙蝠と交換に、御簾の下からそっと自分の蝙蝠を差し出した。

「君の返事は受け取った。……歌を交わせる日を楽しみにしているよ」

梓子の蝙蝠を手にした少将が、再び柱にもたれてくつろぐ。その手にあるのは、梓子の女物の蝙蝠だ。ただ、それだけのことでも、その横顔にとても色めく心地になる。

「そう遠い日のことでは、なさそうです……」

交換した少将の蝙蝠(かわほり)で隠した唇が幽(かす)かな声で紡いだ言の葉が、月明かりの夜を、ほんのりと薄紅色に染めていった。

【主要参考文献・サイト】

『「御堂関白記」全現代語訳　上』藤原道長　倉本一宏・訳　講談社学術文庫
『「権記」全現代語訳　中』藤原行成　倉本一宏・訳　講談社学術文庫
『古今和歌集』中島輝賢・編　角川ソフィア文庫（ビギナーズ・クラシックス　日本の古典）
『新古今和歌集』小林大輔・編　角川ソフィア文庫（ビギナーズ・クラシックス　日本の古典）
『源氏物語　第一巻』紫式部　玉上琢彌・訳注　角川ソフィア文庫
『有職故実　上・下』石村貞吉　嵐義人・校訂　講談社学術文庫
『新訂　官職要解』和田英松　所　功・校訂　講談社学術文庫
『人物叢書　一条天皇』倉本一宏　吉川弘文館
『源氏物語図典』秋山虔、小町谷照彦・編　小学館
『有職植物図鑑』八條忠基　平凡社
『日本の装束解剖図鑑』八條忠基　エクスナレッジ
『源氏物語と京都　六條院へ出かけよう』五島邦治・監修　風俗博物館・編　宗教文化研究所
『公卿補任年表』笠井昌昭・編　山川出版社
和歌データベース　https://lapis.nichibun.ac.jp/waka/menu.html

本書は書き下ろしです。
この物語はフィクションであり、実在の人物・
地名・団体等とは一切関係ありません。

宮中は噂のたえない職場にて

天城智尋

令和5年 6月25日　初版発行
令和6年 12月15日　5版発行

発行者●山下直久

発行●株式会社KADOKAWA
〒102-8177　東京都千代田区富士見2-13-3
電話　0570-002-301（ナビダイヤル）

角川文庫 23703

印刷所●株式会社KADOKAWA
製本所●株式会社KADOKAWA

表紙画●和田三造

●お問い合わせ
https://www.kadokawa.co.jp/（「お問い合わせ」へお進みください）
※内容によっては、お答えできない場合があります。
※サポートは日本国内のみとさせていただきます。
※Japanese text only

ISBN 978-4-04-113023-0　C0193

◆◇◇